「ん……」
その口元を覆い尽くすように唇を重ねる。

花《はな》と夜叉《やしゃ》

高原《たかはら》いちか

ILLUSTRATION

御園《みその》えりい

CONTENTS

花と夜叉

花と夜叉

ざぶり、ざぶり……

さざ波が岸を洗う音が、夜気の中に低く響く。

花鳥文様《かちょうもんよう》の格子扉一枚を隔ててその音を聞きながら、李三《りさん》は主君の細腰に巻かれた錦帯《きんたい》に手をかけた。

「何を――！」

はっ、と息を呑《の》む音。

そのまま力を込めてぐいと引く。

シュシュシュー――ッ……！ と絹鳴りが響き、少女のように小柄な体は、「あっ……」とかすかな悲鳴を上げ、くるりと舞って牀《しょう》に倒れ込んだ。

李三はすかさず飛び掛かり、馬にでもまたがるように細い体を股座《またぐら》の下に組み敷く。

煽《あお》られた風に、ぼうっ、と灯火が揺れる。

「何をするか！」

智慧《ちえい》は、男の股の下でもがきながら、険のある目で李三を睨《にら》み上げてくる。今まさに、男に組み敷かれているというのに、気の強いことだ。

「何って、ご主君」

李三は、小明かりに照らされた薔薇《そうび》のような顔《かんばせ》を見下ろしながら、ふんと嘲笑する。そして、手にした錦帯を、これ見よがしにぱん、としごいて鳴らした。

「帯を解かれて、男に伸し掛かられて、この状態で次に何をされるかなんてあんた、古今東西決まりきったことでしょうが」

抵抗する細い手首をぱしりと捕らえ、やすやすと衾褥《きんじょく》に押さえつける。

「な……ッ！」

「言っておきますがね、ご主君」

ぐっ、と押さえつける力を強め、可憐《かれん》な唇が恐怖と屈辱に慄《おのの》くさまを、とっくりと見つめる。

「蓉国王太弟《ようこくおうたいてい》・智慧公子《こうし》。今のあんたは、王族特権の一切を停止された、身分も何もないただの囚人だ。俺に対して命令する権利は、もうないんですよ」

「……アッ……！」

無慈悲に告げながら、獲物の兎でも扱うように、両手首を錦帯でひとまとめに縛りつける。のたうつ体をものともせずに、再び、シュッと絹鳴りの音を立てて、衣服の前を大きく引き開けた。

李三の目前に、雪のように真っ白な胸と腹が晒《さら》される。可憐な乳首。女のような脂肪の丸みは皆無だが、絹をぴんと張ったような、美しく肉のそげた胴。臍《へそ》の形も、ぽこりと窪んで愛らしく、わずかに汗を浮かべ、ぴくりぴくりと震えるさまも、たまらなく男をそそる。

「凄ぇ……」

李三は無骨な掌でじっくりと撫で回し、そのぬめるような艶《つや》を堪能する。「よせっ……」という呻《うめ》きなど、無論、無視だ。

「細い細いと思っちゃいましたが、凄いな。本当に女より細い」

「やめろ……！」

「あんた確か、俺より五歳下だから、もう何だかんだで齢《よわい》二十三でしょう。本当ならとうに嫁も娶《めと》って、子供の三人くらいいて、それなりの恰幅もついて当然の年だ。なのにいまだに妾《めかけ》のひとりもいないのは、十五の時にこっちの成長も止まっちまったからってのは、本当なんすか？」

下卑《げび》た口調で揶揄《やゆ》しつつ下肢の布を取り除けようとすると、悲鳴じみた声が上がった。

「やめろと言っているッ！」

果敢にも、剝き出しの片足首が、李三の頭部を蹴りつけようと飛んでくる。しかし李三はそのか細い蹴撃《しゅうげき》を、片手でぱしんと受け止めた。

にやりと笑い、摑んだ足首を大きく吊り上げ、左右に開かせる。あっと叫んでも、もう遅い。智慧は男に、むざむざ脚を開かせる機会を与えてしまったのだ。青ざめる智慧の両脚の間に、李三はやすやすと入り込んだ。

「無駄な抵抗はなさらんほうが身のためだ、ご主君」

屈辱に慄く膝に、なぶるように頰を摺《す》り寄せながら、李三は囁く。

「今でこそ宮廷武官なんぞに納まっちゃいるが、俺はこう見えても、荒くれた辺境で野盗だの川賊《かわぞく》だのとやりあってきたすれっからしなんだ。ひどくされたくなけりゃ、大人しく抱かれることだ」

血の気が失せ、ぶるぶると震える膝に、口づけをひとつ、押し当てる。

「それとも、我がご主君には、ひどくされるのがお好みで？」

「ふざけるなっ！　誰が貴様なぞに！」

智慧は、わずかに甘茶色を帯びた瞳を剝き出すような表情で叫んだ。往生際悪く暴れ続ける細い手足を押さえつけながら、李三はその顔を見下ろす。

小柄で瘦身《そうしん》、少年の姿を留めたままの智慧は、やや皮肉な意味を込めて、「芙蓉宮《ふようきゅう》の不朽花《ふきゅうか》」と謳《うた》われる。美しいが、いつまでも未熟で、実をつけられない哀れな仇花《あだばな》、というわけだ。確かに、妻を娶り、子を産ませて血を繋ぐことが男子たる身の至上のつとめである大陸五国において、生殖能力の不足は祖霊《それい》に対する最大の不孝だ。だが、それがどうしたというのだ。この哀れな、咲き開くことを知らない蕾の前では、そんな益体《やくたい》もない倫《のり》や理《ことわり》など、犬にでも食わせてやれ。李三の体の下で、智慧は今、ただひたすらに可憐で、愛らしいばかりだ。

「う……っ……」

華奢な頤《おとがい》を摑んで、口づける。吸いつき、ついばんだ唇は、花びらのように薄い。

「よせっ……！」

全身で押しつぶしてやると、身じろぐような、もがくような抵抗が返ってくる。

「伐折羅大将《ばさらだいしょう》……っ！」

ふいに、智慧は李三をその称号で呼んだ。

「貴様の仕えるべき主君が誰か、忘れたかっ！」

「ふん」

李三はその瞳を覗き込みながら、嘲笑する。

「今さら何をおっしゃるやら。我《われ》の夜叉神将《やしゃしんしょう》は、死んだ先代の伐折羅だけだ。貴様などその名で呼んでやるものか。認めぬ、許さぬ——！　そう言って俺をずーっと拒絶してきたのは、あんたのほうでしょうが。ご主君」

「……っ」

絶句する表情を、鼻先で堪能する。何とまあ、他愛ない。たったこればかりの反撃で、あっさりと言葉を失ってしまうとは。この公子ときたら、主従となってから今日まで、あれだけ李三を傷つけ、否定する言葉を連ねておいて、その李三に――自分の臣下に刃向かわれるなどとは、まったく夢にも思わなかったらしい。所詮、宮殿育ちの公子さまには、下々の者にも傷つけられてはならない誇りがあることなど、理解できないのだ。

「ま、あきらめるんですな」

李三は主君の痩身に乗り上げたまま、胴を覆う鎧の留め金を外した。もとより武官の身分をあらわすための儀礼的な装備は、実戦用のものと比べて、意匠が美麗なわりには着脱が簡易にできている。すぐに、鍛え上げられた上半身があらわになる。

男の半裸を見て、智慧の表情が凍りつく。李三はその恐怖の表情を見て、満足の笑みを浮かべた。

「この水宮《すいぐう》に籠められている以上、あんたはただの囚人で、俺はその獄吏《ごくり》だ。ここにいる限りは、あんたの生殺与奪《せいさつよだつ》の一切は、俺のこの手が握ってんです。あんたを煮ようが焼こうが、可愛がろうが乱暴しようが、俺の心ひとつってことを、お忘れなく」

「……」

智慧は声もなく、目を瞠《みは》って李三の裸の胸を凝視している。男の猛々しさを前に、はっきりと、怯えている目だ。

だが、その目がしっかりと自分を見つめていることに、李三はぞくり、と言いしれぬ悦びを覚えた。ああ、ご主君が俺を見てる。やっと、やっと俺だけを見てくれた――。

「あんたの伐折羅は、俺だ」

ざぶり、とさざ波の音。時折小舟が、その舳先《ほさき》を護岸に打ちつけている。

「俺だけが、あんたの夜叉神将だ――」

灯火ひとつの闇の中、李三は細い肢体の上に打ちかぶさり、尻の下に手を入れ、小ぶりなそれを掌に納めて持ち上げる。

ひ、と息を呑む音。

「やめろっ……！」

だがもがくような抵抗もものともせず、李三は頑《かたく》なに閉じようとする狭間を割り開き、揉みしだきながら、奥深く息づく禁断の蕾に、ずぶりと無骨な指を埋め込んだ――。

——蓉《よう》は、同時代の大陸五国のうち、もっとも広大な国土を有し、もっとも豊穣で富裕な国である。

その優美な国号は芙蓉《ふよう》の花に由来しているが、これは地に生える「木芙蓉《もくふよう》」ではなく、水辺に咲く「水芙蓉《すいふよう》」——つまり蓮の花を意味している。この意匠は、王国の旗印にも使われ、内陸国ながら水気豊かな気候風土と、国教である仏教の教えを象徴している。

王都もまた、いくつかの湖沼や大河が点在する地にあり、その領域の大部分は水利に恵まれた商業都市として栄えている。王宮の南側に広がる庶人たちの街には、縦横無尽に大小の水路が張り巡らされ、常に小舟が行き交っていた。

その——柳の枝揺れる水路の護岸から、道を一本隔てて、「陳書舗《ちんしょほ》」は建っている。「書舗」とはいわゆる本屋のことで、「陳」はいつも店の入り口横に鎮座している老人の姓だろう。長閑《のどか》に煙管《キセル》を使う老人の目は、しかし今、店内を徘徊しているひとりの若者の姿をちらちらと追って、油っぽい光を放っている。

その若者は、眉凜々《りり》しく、雄偉《ゆうい》な長身を持ち、日焼けた顔の端正さが印象的だった。だが、全体の印象はどこか垢抜けない。書を満載した棚を見上げつつ歩くたびに、がちゃがちゃと無粋な音がするのは、王都守備隊の所属を示す鎧をまとっているためだ。

——若者の名は、李三。この時、齢十八。

「うーん」

棚にきちんと積み上げられたおびただしい書籍を見て、顎に手を当てる。

（困った……）

実は――李三は文盲《もんもう》なのだ。字が読めず、無論、書くこともできない。ゆえに本の山を眺めても、どれが何やら、見当もつかないのだ。

蓉は基本的には豊穣で恵まれた国だが、それでも、庶人階級にまで教育が行き届いているのは、王都周辺や地方の富裕な町だけだ。

特に李三が生まれ育ったのは、北方の「諒《りょう》」との国境地帯に近い辺境で、豊かな蓉の中では例外的に寒冷で貧しい土地だった。当然ながら民も皆無学で、目に一丁字《いっていじ》もない。子の名前すら、上から順に一、二、三としかつけられないありさまだ。

だからその名を見れば、李三がどういう出自の、どのくらい無学な人間かは、都の人間にはすぐにわかるのだろう。

『……時々来るんだよねぇ。君みたいな救いようのない田舎者がさぁ』

ガラクタ同然の手荷物とともに王都へやってきた、旅塵《りょじん》まみれの李三を見て、守備隊の小隊長は頭を抱えてため息をついたものだ。

『そりゃあ、手柄を立てた以上は、信賞必罰《しんしょうひつばつ》の法を守るためにも、褒賞なり昇進なり、くれてやらにゃならんのだろうけどねぇ……だからといって、自分の名前すら満足に書けんようなのをこっちに寄越されてもさぁ、どうしろっていうのよねぇ？』

『……』

珍妙な言葉づかいの小隊長は、だが決して李三を侮辱するつもりはなく、単に積もり積もった愚痴《ぐち》を漏らしたという風だった。おそらくは本心から李三を任されたことに困惑していたのだろう。だがそれだけに、李三は屈辱感に打ちのめされた。両の拳《こぶし》を握って、震わせる。

——仕方がないじゃないか。俺だって、好き好んであんな土地で生きてきたわけじゃない。人間、自分の生まれ育ちだけは、どうすることもできないのに、それを非難されたって……。

小隊長は、そんな李三を横目に見て告げた。

『ま、来ちゃったモンは仕方がない。せいぜい気張って勤めなさいな。といっても、君が田舎でやってたみたいな盗賊退治なんて物騒な任務は、ここにはほとんどないんだけどねぇ』

ついと立った小隊長は、李三の周囲をぐるりと一周、矯《た》めつ眇《すが》めつしながら歩くと、正面に立ち、若者の顎先を指で持ち上げた。

『ふーん？』

興味深げに、目鼻立ちを覗き込む。

『でも田舎出しにしちゃあ、なかなか——』

ぞくん、と湧き立つ蟻走感《ぎそうかん》。李三は顔色を平静に保つことに、全神経を集中した。思い出したくもない思い出が、二度と顧みまいと決めた過去の記憶が、脳裏をかすめる。薄暗く、みすぼらしく、不潔なくせに、表面ばかりけばけばしく飾り立てた、男たちの陰に籠った気配の蠢《うごめ》くあの場所——。

だが小隊長は、それ以上は李三に触れず、一歩遠ざかった位置で顎を引いた。

『さすがに王都に寄越されるだけあって、よく見れば君も素材は悪くないみたいね。まあせいぜい、都の水で磨いて、そこそこ粋《いき》に振る舞えるようになってちょうだい。あ、でも、その腕っぷしだけは、くれぐれも遊びすぎて鈍《なま》らせないでね？　一応、武官である以上は、あんまり弱っちくなられても困っちゃうし、二年に一度くらいは、王の御前で披露する機会も、なくはないんだからねぇ？』

『──は……』

ほっと息をつきながら、李三は答礼した──。

そんなやりとりがあったのが、三日ほど前のこと。

その間、李三が悟ったことは、都ではまず何をおいても文字の読み書きを身に着けねば、ということだった。小隊長が言った通り、王都守備隊にはさしたる任務などない。王都内の治安は基本的に別の部署が担っているし、王宮である芙蓉宮の警護には、世襲の武門出身者のみで構成された「近衛《このえ》」が就くのが建国以来の決まり事だ。それでも、商業都市でもある王都は他都市や他国からの人の出入りが多く、通行税の徴収だの荷の吟味だのの現場では、日々小さな騒動や揉め事が起こり、その都度、守備隊から兵士が五人六人と駆り出される。しかし「通行証に記載された人名と申告書のそれが一致しない」だの、「荷の数量が書面と違う」だのと言われても、文盲の李三にはその真偽を判別するすべがないのだ。

『あーお前、もういいから引っ込んどけ。ここは俺らがやるから、な?』

李三のような田舎出しの扱いに慣れている先輩の兵士たちが、李三を後ろに追いやる。別段邪険に追い払われるわけではなく、彼らなりに気を遣ってくれてはいるのだが、やはり小集団の中にお荷物がひとりいるというのは負担なのだろう。中には、あからさまに「邪魔」という色を顔に浮かべている者もいる。

李三は、うなだれることしかできない。これが郷里の荒くれた駐屯《ちゅうとん》部隊であれば、安酒をかっ食らった勢いで「この野郎気取るんじゃねぇ!」と喧嘩のひとつも吹っかけて、傷ついた自尊心を取り返せばそれで済むのだが、この場合、悪いのは──というより迷惑をかけているのは、一方的に李三のほうなのだ。

（勉強しよう――！）

若い手が、鉾《ほこ》の柄をぐっと握りしめる。そうだ、まだ自分は十八ではないか。学びたいという一念さえあれば、読み書きを習得することなど、たやすいはずだ。現にこの都では、婦女子や童子ですら、いとも軽々と本を読み、筆を手にしているではないか。一人前の男子たるものが、自分の名を書くのがやっとなどという状態に、どうしていつまでも甘んじていられようか――。

かくして、雄々しく決意した若き李三は、上京以来初めての休暇を潰して、たまたま市中巡回中に見かけた書舗へやってきた、というわけだった。

水面を吹き過ぎる風に、青々とした柳の枝が揺れる。小鳥が鳴き、童子たちが歓声を上げて駆け抜ける。水路をゆく小舟の梶が、ぎぃぎぃと軋む――。

春風駘蕩《しゅんぷうたいとう》。まことに麗らかな、春の一日だ。

「おい、親父」

小半時ほども悩みぬいた揚句、李三はついに店主に声をかけた。

「親父、この中のどれが初級の読み書きの教本だ」

「……」

「本当に初級の、初歩の初歩のやつが欲しいんだが……」

すぱぁ、と店主の老人は紫煙を吹かす。視線をこちらに向けもしないその様子から、この親父、耳が遠いのかと李三は思った。だが、その時息せき切って店に飛び込んできた十ばかりの少年が発した「おじさん、ある？」という問いに、店主はあっさりと「おお、来てるとも」と煙管を置く。

「はい、水汪子《すいおうし》の新作ね」

「やったあ！　おじさんの店、新しいのが入るの早いから大好き！」

「そうかそうか、またよろしくなぁ」

「うん！　来月は雷児同《らいじどう》のが出るんだ、また取り寄せお願いね！」

「ああわかった。気をつけて帰るんだぞー」

「ありがとー！」

いくばくかの銭を老人に渡し、代わりに受け取った本を嬉しげにひらひらと振りながら、少年は駆け去っていく。

満足げな店主が再び煙管を咥《くわ》えながら、銭を木箱に納める横から、李三は「おい親父！」と怒鳴りつけた。

「……何だい五月蠅《うるさ》いね。んな大声出さなくったって聞こえてるよ」

「聞こえてんなら返事くらいしろよ！　読み書きの、初級の教本が欲しいって言ってんだ！」

親父は白眼で李三を睨む。

「それぐらい自分で探しな。こっちは忙しいんだよ」

「煙草吹かしながら店番の、どこが忙しいってんだ！」

「――本当に五月蠅い男だね。ワシャあこれでも風流を愛する文人なんだ。頭の中では、朝から晩まで忙しくしとるんだよ。詩文をひねったり、午後の茶の銘柄を考えたりね」

ぴろろろろ、と小鳥が鳴く。李三がてっきり柳の木にいるのだと思っていたそれは、書舗の軒先に、籠に入れて吊るされている飼い鳥の声だった。

「あんたのような騒がしい野暮な田舎者に、高尚な思索の邪魔はされたくないんだよ」

ふい、と店主の視線が逸れるのに、李三は言葉を失う。

――これだ。また、これだ。

「……田舎者だから……？」

ぎゅう、と皮の手甲《てっこう》の音を立てて、拳を握りしめる。

「俺が田舎者だから、本は売れないっていうのか……？」

王都に来て、まず真っ先に戸惑ったもの。それはこの街に住む人々が、金持ちの大人から五歳の幼童に至るまで、李三のような田舎出しの者を徹底的に軽蔑し嘲笑することだった。ある時は道案内を拒まれ、ある時は店に入るなり盗人扱いで監視される。飯店などに至っては、立ち入りさえ拒まれるありさまだ。李三はその都度、自分の風体がそんなに胡散臭《うさんくさ》いのかと悩みに悩んだ。

――あるいは、すでに遠い昔になったはずの過去の乱倫《らんりん》な生活の匂いが、どこからか漏れてしまうのか、とも。

店主は、ふっと紫煙を吹き出した。

「この店の本はね、ワシが一冊一冊精読して厳選したものばかりなんだよ。本来、あんたみたいなもののわからない人間が、敷居だってまたげる店じゃないんだ」

「なぜだ！　金なら持ってるぞ！　ほらここに、こんなに！　こんなにある！」

李三は首から紐で下げた巾着袋を胸元から引きずり出し、中から銅銭を摑み出した。店主の前に並べられたそれは、どれもこれも、土埃にまみれ、青い錆《さび》を浮かべている。郷里の町にいた頃、李三がとぼしい給金を割いて必死で貯めたものだ。

店主はそれを、いかにも汚いものを見るように一瞥《いちべつ》し、首を振って「帰んな」と告げた。

「帰んな、この野暮天が。あんたなんぞの銭で買われちゃ、ワシの可愛い本が泣くわい」

「何だとぉ！」

銅銭を足元に散らばらせて、李三の手が店主の胸倉に摑みかかる、その寸前。

「こらこら、乱暴はよさんか」

野太い、だが深みのある声とともに、李三は店主から引き離される。

襟首を摑む、恐ろしいほど巨大な手に驚いて目をやると、そこには白髭を豊かに蓄えた、大柄な武人が立っていた。

太刀を履き、老齢ながら全身を張りつめた筋肉で鎧ったその姿は、伝説の英雄豪傑を写した彫像のようだ。何だこのオッサンは。そう思った瞬間、襟首の手がぱっと放された。李三は子猫のように、どすんと尻もちをつく。

「お前、その鎧、王都守備隊の者だな。都の民に、それも年寄りに手を上げるのは感心せんなぁ」

「だってよ！　こいつが！」

「あんたもだ店主。風流人を気取る前に、商売人として客への礼儀を忘れちゃ、何にもならんだろう」

店主は打って変わって慇懃《いんぎん》な物腰で応じる。

「は、はぁ……。しかし、ウチは王都の文人墨客御用達の店。この年になって、これから読み書きを覚えようなんて無知蒙昧《むちもうまい》な輩《やから》に、売るような本は……」

「あるではないか」

凛と高い、少年の声が響く。李三は武人の傍らに立つほっそりとした姿に、目を奪われた。

——その美声を羨むかのように、軒先の鶯《うぐいす》が鳴き声を張り上げる。

年の頃は、おそらく十三ばかり。ごく平凡な縹《はなだ》色の長袍《ちょうほう》に、ごく平凡な綿の帯と沓《くつ》。頭髪の上半分を髷《まげ》にし、下半分を肩に流した髪型も、この国ではごく平凡なものだ。しかし、この花の顔は。星のような瞳は。薔薇色の唇は。白磁の肌は——。

「何を呆けている？　我の顔がどうかしたか？」

陶磁器の人形が、心もち目じりの跳ね上がった目をきろりと動かして、口をきいた。李三は慌てて、外れたままの顎をぱくんと閉じる。そんな李三に、少年は紺地装丁の冊子を突き出した。

「初級の手習いの教本ならば、これがよいぞ。『東方記《とうほうき》』。今から五十年ほど前に、東海の果ての島国へ使節として派遣された文官が記した旅行記だ。幼い我が子に読ませるために書いた物ゆえ、文章が平易なわりには奇想天外な内容でな。我も五歳の時、これを教本に初めて文字を習った」

「ご、五歳……？」

李三の表情を見て、少年は描いたように形のいい眉を上げた。

「何だ、五歳の童子が使う教本では不満か？　だが今のお前には、これでも難しいくらいだろう。変な見栄を張らずに、まあここから始めるがいい」

「……」

李三が手を出さないことに焦れたのか、少年は李三の胸元に無理矢理冊子を押しつけ、踵《きびす》を返した。

「行くぞ、伐折羅」と、大柄な武人に呼びかける。

「気分が悪いゆえ、当分、この店には近寄らぬこととしよう」

武人は「は」と一礼し、後に付き従う。店主の老人が慌てて、「あ、いや、その」と煙管を取り落とすのを、一瞥もしない。

ふわり。李三とすれ違う少年の、長袍の裾と黒髪がひるがえる。その瞬間、香《かぐわ》しい匂いが鼻腔をくすぐった。

「ま、待ってくれ!」

李三は、床に膝をついたまま、ばたばたといざり寄った。

武人と少年が、振り向く。

「何だ?」

「あの……すまねえ、じゃなくて、あ、ありがとう」

「礼を言われるようなことは、何もしておらぬぞ」

李三はぶんぶんと首を左右に振った。

「そうじゃねぇ、そうじゃなくて……あんたは俺を、文盲の田舎者の俺を馬鹿にせずに、きちんと助言してくれたじゃないか」

「当然のことだ」

つん、とした口調。

「文華を愛する者として、これから文字に親しもうとする者をどうして邪険に扱える? 人は皆、誰かに文字を教えられて一人前になる。そして教えられた者が、その恩をまた誰かに教え返すことで、文華というものは代々受け継がれ、国を富ませ、人心を豊かにするのだ。そうだろう店主」

「へ、へい! おっしゃる通りで」

　文人気取りの老人は、這《は》いつくばらんばかりに腰を低めた。少年の口元が満足げに吊り上がったのを、李三は茫然と見つめる。なんとまあ、天下の美女よりも艶っぽい笑い方だ。

「まあそなたも、我に恩を感じたのならば、せいぜいこれから勉学に励むがいい。ああ、それからな」

「は」

「休暇で街をうろつく時は、軍装は解いたほうがよいぞ。この街の者たちは、あまり野暮ったい武人を好かぬゆえな」

「え……？」

「文武が共に栄えてこそ国は正しく保たれる。いかにこの蓉が文華にすぐれた国とはいえ、武が軽んじられるのは困った傾向なのだが……なあ、伐折羅？」

　老齢の武人は、笑っただけで答えない。少年は店主に目をやると、「あまり意地の悪いことをするでないぞ」と言い置いて、すたすたと店を出て行く。やけに姿勢のいい歩き方を、李三は茫然と見送るばかりだ。

「やれやれ」

　店主が、ちゃっかりと床に散らばった銅銭を拾い集めつつ、首を振る。

「阿羅漢《あらかん》さまにはかなわん。一本取られたわい」

「阿羅漢さま……？」

「ああ、いや、確か先月、元服を済まされたと聞いたな。今はもう、智慧公子とお呼びせねばならんわい。今の王様の、二番目の男御子さまじゃよ」

「はあ？」

李三は、本当に顎が外れるかと思うほど驚いた。

——あの少年が公子？　王様の子？

店主は拾い集めた銅銭をちゃりちゃり言わせながら、「そうさ」となぜか得意げな口調で告げる。

「好奇心旺盛なお方でね、時々ああして、町場の子弟のようなそぶりで微行《びこう》なさるんだよ。まあ、町の衆は皆てんから承知で、知らぬふりをしているのだがね。何しろ、あの目立つ夜叉神将を連れておいででは、小孩子《シャオハイル》（ガキども）にだってバレバレさね」

くつくつと愉快げに笑う店主に、李三は首をかしげる。

「夜叉、神将……？」

「ああ、お前さんも見ただろう。あの大柄な武人。あれは智慧公子さまづきの武官で『伐折羅大将』と呼ばれておいでの方さ。王を筆頭に、王位継承権を持つ王族の男子十二人には、それぞれ十二神将にちなんだ名を持つ近侍《きんじ》武官がつく。どれも腕に覚えの、蓉国全土からよりすぐりの武人だって話だ。智慧公子の双子の兄君であられる王太子・智威《ちい》公子には、宮毘羅大将《くびらだいしょう》。ご兄弟の父君であられる今の王には毘羯羅《びから》……」

「つまり」

李三は店主の薀蓄《うんちく》を遮った。

「つまり、その夜叉神将とやらは、ひとりの王族を主君として、ずーっとおそばに仕えるということか？」

「そうさ。ひとたび夜叉神将に抜擢《ばってき》された武人は、主従の絆が切れるのはどちらかが死ぬ時だけ、という誓いを立てさせられ、現役の間は——つまり主君が生きている間は、妻帯も禁止なのだそうだ」

「一生、ずっと？」

「いや、主君が亡くなれば引退させられるそうだし、逆に王族の在世中に神将が亡くなった場合は、新しいのと交代するらしい。そうだね、あの智慧公子さまのように、お若い主君にずーっと年かさの夜叉神将がついた場合は、主君一代に一度くらいは交代することになるんだろうね。だがまあ、ふつうは、ひとたび主従となった王族と夜叉は、終生連れ添うものだそうだ」

「つ、つ、つ、連れ添う？」

李三の顔を見て、店主はカラカラと笑う。

「そうさ、もともとこいつは『文と武の和合の理念』、要するに『我が蓉国はこのように、文化を担う王族と、軍事を担う武人が、主従仲良く手を取り合うよき国であるぞ』ってことを国の内外に示す象徴みたいなもんだから、夜叉神将ってのは、たとえ主君であっても、勝手にクビにしたり追放したりすることができないくらい、宮中じゃ重んじられる存在なんだそうだ。国中で一番偉い王様でも、気に食わないお后《きさき》様を離縁して実家に戻したりできないのと同じで、まあいわば夫婦みたいに、生涯ご主君と一対の存在として扱われるのさ」

李三は茫然とした。たっぷり十を数えるほどの間、ぱかんと口を開いたまま、必死に頭脳を動かした。今自分は、何か決定的な、凄いことを聞いたような気がする。

――生涯、王族に仕える……？　王后と同じくらい重んじられる……？

李三はまず、自分を落ち着かせた。昔、落ち着くことはいついかなる場合でも有効だと、教えてくれた人がいたからだ。

出会ったばかりの少年公子の顔、その姿かたち、声、歩き方。見るからに田舎者の李三を少しも馬鹿にせず、それでいて憐みも同情もせずに、真摯に忠告し、教本を選んでくれたこと。その時李三を見た、少し目じりが上がった魅惑の目。か細い体に薫き染《た》めた香りまでもが、瞬時に脳裏に浮かぶ。そして一対のもののように付き従う、立派な武官の姿も。

がたん、と音がした。李三が店主の前に手をつき、詰め寄った音だった。

「おい、親父！」

「な、何だね？」

「つ、つまり、夜叉神将になれば、もしかしたら、あの綺麗な公子さまに……！」

上ずった声を直すために、ごくりと固唾《かたず》を飲む。

「一生ずっと、おそばでお仕えできるかもしれない、ってことだな！」

「……ま、まあ……よほど首尾よくいけば、のう……」

まさかあんた……と、店主が呟くのをよそに、

「よしっ」

と、李三は拳を握る。その目には力が漲《みなぎ》り、爛々《らんらん》と輝いている。

「決めた。俺は夜叉神将になる！」

その宣言に、店主があんぐりと口を開いて呆れた。

「あ、あんた自分が何を言っとるのかわかっとるのかね？　栄誉ある夜叉神将になるには、そりゃあ厳しい条件があってだね……」

「邪魔したな親父！」

李三は無謀な田舎者を制止してやろうとする店主の親切顔を無視し、買い込んだ本を抱えて店を駆

け出た。

「いい事を教えてくれてありがとう！　恩に着るぜ！」

振り返り、手を振る。

「あんまり、無謀な夢は見んほうが幸せじゃぞぉ？」

そんな案じ声が背を追いかけてきたが、当然、無視だ。

——揺れる春の柳。長閑に行き交う小舟。鳴き交わす揚雲雀《あげひばり》。

李三は走った。水路のそばを。美しい大拱門《アーチ》を描く石橋の上を。連なる商家の軒先を。

——見つけた、見つけた……！

「夜叉神将になる。俺は夜叉神将になる……！」

李三は生まれて初めて抱いた夢を、幾度も口に出して呟いた。そして幾度も、瞼《まぶた》の裏に、美しくしなやかな主君に仕える、立派な夜叉神将装束の自分を思い描いて、すでにそれが現実化したかのように歓喜の声を放ち、飛び跳ねた。

路傍の老人が、子供たちが、婦人が、奇異なものを見る目で、走る李三を見送る。彼らは後で、頭のおかしい田舎者の兵士を見たと、非好意的に噂し合うに違いない。

だがそれが何だ。李三はもう、いちいち人の目にびくつくことはない。だってもう、この自分は、さっきまでの自分とは違うのだ。未来の夜叉神将なのだ。絶望的に貧しい地方に生まれ、親に売られ、飯を食うためだけに兵士になって血まみれで戦ってきた、無学なけだもの同然の男ではないのだ。

（俺にも、夢ができたんだ。希望が、目標ができたんだ）

高鳴る胸。巡り巡る血潮。この高揚を表わすに、王都の巷を走り回る以外に、どうすることができるだろう――！

「うおぉぉぉぉ！　絶対ェなってやるぜぇっ、夜叉神将――ッ！」

李三は、春の空に向かって吼《ほ》えた。それは狼の遠吠えのごとく、王都の空にこだました。


それから、春秋はゆっくりと、それでいて瞬く間に巡り――。

「やあ！　君が今日から新しい伐折羅大将になる武官か！　よろしく！　私は先代王の末弟で、字《あざな》は梵徳《ぼんとく》という！　現王の叔父で、末席ながら王位継承権も持っている身だ！　どうか見知ってくれたまえ！」

近侍武官をひとり従え、いきなりずかずかと入室してきた正装姿の青年は、李三が目を瞠るより早くまくしたてるや、李三の儀式用の鎧をまとった両肩を、ばしばしと叩いた。

「ほう、なかなかの美丈夫だな！　儀礼装束もよく似合っている！　しかも若くてたくましい！　すばらしい夜叉神将だ！　あの寂しがり屋の甥っ子にも、ようやく頼もしい側近ができるな！　めでたい！　まったくめでたいことだ！」

「は、はぁ」

ちらりと目をやると、李三に装束を着つけるため、たった今まで大わらわで働いていた宮女たちが、数歩退いた位置で肩を揺らし、くつくつと忍び笑いをしている。芙蓉宮に仕える者にとって、このやけに陽気な青年公子の、突拍子もない言動は、毎度のことなのだろう。

「ああ、紹介しておこう！　これは私づきの夜叉神将・珊底羅《サンテイラ》。少し事情があって口がきけない。他の夜叉たちにはまた改めて引き合わされるだろうが、挨拶の口上がないのは許してやってくれたまえ！」

後ろに控える武官は、むっつりと口元を引き結び、謙虚に一礼する。しかしその主君は、もの凄い早口、かつよく通る大声で、口を休めるということがない。どうにも奇妙な主従一対だが、それにもまして李三を戸惑わせたのは、梵徳の容貌だ。

髪は砂色。瞳は混じり気のない翡翠《ひすい》。桃色の血色を浮かべた、抜けるよう白い肌。五国の民にはあり得ぬ姿かたちだ。

ついまじまじと凝視していると、当の青年公子が、微笑しつつ首をかしげた。

「私が、物珍しいかな？」

「あ、いえ、その……」

正直に言えば、驚いた。大陸五国の文物が集まる蓉国王都でも、これほどあからさまに西方の血を現わす容姿を持つ者はまれだからだ。だが梵徳の背後では、見るからに忠義一途な珊底羅が、「我が主君に奇異の目を向けたら、ただでは置かぬ」と言わんばかりに、ぎろりと両目を光らせている。

「珍しいお姿ですね」などとは、口が裂けても言えそうにない。

だが当の梵徳は、気を悪くした風もなくころころと笑う。

「見慣れないのは仕方がないさ。私はね、生母が西方の国から献上された胡姫《こき》（白人女性）なんだ。だから西の血は半分だけのはずなんだが、どういうわけかこんな毛色に生まれてしまってね」

「さ、左様でございましたか。失礼をば……」

「ああ、構わん構わん。初対面の者には大抵驚かれるものだから、王宮に新入りが来たら、こちらから顔を出してしまうことにしているんだ。大切な儀式の前に、面食らわせて悪かったね」

「い、いえ……お気遣い、勿体なく存じます」

そこで、ようやく李三は宮廷礼法に適った仕草で拱手《こうしゅ》一礼した。だがその様子がよほど恐々《こわごわ》に見えたのか、

「まあ、多少毛色が変わっているだけで、別に人を捕って食うわけじゃないから安心したまえははは！」

梵徳はまた大声で笑って、李三の肩をばしばしと叩いた。

そんな主君を、口がきけないという珊底羅大将は、どこか痛ましげな目で見つめている。もしかすると、と李三は想像を巡らせた。この風変わりな公子は、市街を騎行している時にでも、口の悪いガキどもあたりから、本当にバケモノ扱いされたことがあるのかもしれない。蓉は繁栄したよい国だが、かつて李三が再々経験したように、やや排他的で「よそ者」を嫌う気風があるからだ。

（――そういえば、あれからもう十年か……）

珊底羅を連れて退室する梵徳を一礼で見送りつつ、李三は回想する。

事あるごとに田舎者と馬鹿にされていたあの頃、十八だった李三も、すでに二十八歳。もともと長身だった背丈は変わっていないが、体つきは成熟し、堂々たる壮年男子となった。日に焼けて田舎臭かった顔立ちも、肌を荒らさぬよう気を配って、綺麗に髭《ひげ》をあたり、眉を整えるようになって、だいぶ垢抜けた、つもりだ。それが証拠に、この頃は守備隊の同僚と紅楼《こうろう》へ登っても、自分だけが妓女《ぎじょ》に秋波を送られることも多い。同僚たちに恨まれた分は一杯奢《おご》って返してやり、「気がきく奴だ」と評

判をとっておくことも覚えた。

――そうして、十年。

結論から言うと、李三はついに夢を叶え、念願の夜叉神将になりおおせた。紛うことなき「虚仮《こけ》の一念」だ。それも、出来すぎなことに、あの智慧公子の近侍たる「伐折羅大将」の地位と称号を拝領することとなったのだ。

そうと知らされた時は、己れの幸運が信じられなかった。神将に抜擢されるべく努力はしていたが、どの王族づきになるかは、武官側からは選ぶことができず、その時々に欠員が出た席に補充される決まりだったからだ。

(王宮に上がれるだけでも、上等だと思っていたんだが――)

先代の、あの十年前に李三が書舗で見かけた伐折羅は、今から一年ほど前に亡くなったらしい。その後すぐに王の崩御《ほうぎょ》が重なり、王太子だった嫡男・智威公子が即位した。その影響もあって、王弟となった智慧公子は、父王の喪が明けてのち、新しい神将を迎える段取りになったのだ。そして重臣や王族の推挙を受けて抜擢されたのが、その前年、御前武術会で第二位の栄誉を受けた李三だった。

(嘘《うそ》みてェだ……)

着つけられた儀礼装束の重さと、錦の軍袍に薫き染められた香の匂いを感じながら、しみじみと思う。

――夜叉神将に抜擢されるには、いくつか満たさねばならない条件がある。

一に、武芸に秀でていること。

二に、王族に近侍できるだけの学問・教養・宮廷作法などを身に着けていること。

三に、主君に忠誠を尽くす誠実な人柄であること。

四に、常に主君のそばに寄り添って見栄えのする容姿であること。

李三の場合、このうち一と四は、まずまず問題はない。三も、——まあ、「智慧公子に限定して」という注釈つきであれば——忠勤を励むのもやぶさかでない。だが残りの二を身に着けるためには、それはもう、膨大な努力を重ねなくてはならなかった。しかも机上で学ぶだけでなく、二年に一度開催される武術会で勝ち残ることが、武官が栄達するもっとも手っ取り早い手段だから、武芸に関しても腕を落とすわけにはいかない。文字通り、寝る間も惜しみ、鍛練に励む日々だった。

そんな李三の姿を見て、最初は「田舎者が分不相応な夢を見て」と揶揄しがちだった周囲も、徐々に変化していった。

『お前、ほんとにがんばるなぁ』

『無理するなよ。ほら、これ食って精つけろ』

『なあ李三、たまには息抜きしろよ。可愛い歌妓《かぎ》のいるいい店、連れて行ってやるからさ。それとも妓楼《ぎろう》のほうがいいか？』

『なあ元気出せよ。御前武術会はまた二年後にあるだろ。王陛下からお声もかけていただいたんだし、今は第二位でも充分じゃないか』

『ご苦労さん。我が隊にもお褒めの言葉をいただいたよ。君、夜叉神将を目指すって、本気なんだねえ。わかった。上のほうに、機会があったら推挙してもらえるよう話通しといてあげるから。あんまり期待しないで待ってなさいな』

応援してくれる同僚や味方をしてくれる上官が増え、少しずつ少しずつ、李三は目標に向かって邁《まい》進《しん》していった。

それほどの努力を重ねる理由を、しかし李三は一度も口に出さなかった。たった一度、王都の書舗でやさしく接してもらっただけの思い出が、十年も続く努力の原動力になったなどとは、さすがに現実離れしすぎていて、公言できなかったのだ。

（――我ながら、どこの夢見る乙女だ、ってところだもんな……）

もちろん李三とて、身体壮健な成人男子であるから、焦がれる相手が夢に現れれば、劣情を催すこともないわけではない。十年のうちに幾度かは、下着や褥《しとね》を濡らしたこともある。

だが、それを上回って、李三の胸中を満たすのは、高貴な人に対する憧れと思慕、そして野心だった。少女と見まごうばかりに美しく、麗しいあの方に仕え、その信頼を勝ち得て、人々から当代随一の夜叉神将よ、麗しき主従よと称賛されたいという想いが、十年の刻苦勉励を耐えさせたのだ。

（俺は幸せ者だなぁ）

胸の中で、ひとり幸福感を噛《か》みしめる。

（この十年、いや二十八年の俺の人生は、智慧公子に出会い、おそばに召されるためにあった。そして、これからの人生は、あのお方にお仕えするためにある――！）

色漆で迦陵頻伽《かりょうびんが》の描かれた手甲をつけた手を、ぎゅっと音を立てて握りしめ、李三は高鳴る鼓動と血の滾《たぎ》りを鎮める。

やがて、芙蓉宮に、儀式の開始を告げる銅鑼《どら》が鳴り響いた。

「文の智と武の力の和合」が国是《こくぜ》である蓉国において、新しい夜叉神将の誕生は、王室の重要行事だ。その儀式は、王族の婚儀に準じて、厳《おごそ》かに、壮麗に取り行われる。

仏教を国教とし、王以下すべての王族が敬虔《けいけん》な仏教徒である王室では、大小の儀式はすべて僧侶が取り仕切る。李三――新しい「伐折羅大将」もまた、おびただしい香が焚かれ、美麗な袈裟《けさ》で着飾った有徳の高僧たちが読経する中を、王の御前へと進んだ。

(うはっ、ケムい……目ぇ痛ぇ……)

介添え役の指図するまま、広間のあちこちで幾度も立ったり跪《ひざまず》いたり一礼をほどこしたりしながら、李三はちらちらと目の端で室内の様子を窺《うかが》った。

(何か、でっかい寺の中みたいだな、王宮って……どこもかしこも、キンキラキンだ……)

柱も壁も天井も、蓉の国力そのままに、豪華絢爛《けんらん》を極める装飾だった。金箔、透かし彫り、彫金、西方からもたらされた極彩色の顔料を用いた壁画。中でも蓮の花と五彩雲が描かれた列柱の迫力は、一本一本に大人三人が輪になってやっと抱えられるほどの太さがあり、圧巻のひと言だ。玉座の座面と背もたれに使われている金襴《きんらん》の布一枚でも、おそらく李三の郷里あたりなら、年頃の娘が十人は買える値になるだろう。居並ぶ人々の装束、装飾品の豪奢さは言わずもがなだ。いちいち感嘆する李三自身、これまで一度たりともつけたことのない翡翠の耳玉などを、耳朶《じだ》からぶら下げている。想像以上に華美な姿にされて、内心辟易《へきえき》したのは、三日ほど前の衣装合わせの日のことだ。

『あの……智慧公子には、まだお会いできないんで?』

美人揃いの女官のひとりに、焼いた針で穴をあけられたばかりの耳朶を冷やされながら、李三は問うた。

十年前に邂逅《かいこう》した時の智慧は、本当に愛らしい美少年だった。今頃はさぞや見応えのある美丈夫に成長しているに違いない――と楽しく想像を巡らせ、相好《そうごう》を崩す。

するとと宮女たちは困惑したように視線を交わし合い、年長のひとりが、

『ご対面は、儀礼当日になるかと』

と気位も高く言い放った。李三の庶民的な言葉づかいが気に入らなかったらしい。しまった、と李三は思った。一応、宮中言葉らしきものも学んだのだが、気を弛《ゆる》めるとつい地が出てしまう。

『本来なれば本日、公子も同時刻に衣装合わせを予定しておられたのですが、何か急な変更があられたようです』

『へえ、そ、そう、ですか……』

『いずれにせよ宮中では、王の御前での儀礼以前に非公式の場で馴れ合うことは、野合同然と見なされ、快く思われませぬ。左様心得られますように』

『……』

つまり「儀式の前に、当事者同士が勝手に仲良くなってしまっては、仲立ちをする王の体面を傷つけることになるから我慢しろ」ということだ。李三は智慧との対面が遠のいて落胆したものの、気が遠くなるほど遠い相手に焦がれ続けた十年間に比べれば、そう忠告されるだけ智慧に近づいたのだと実感もして、改めて胸を高鳴らせた――。

――儀式は、厳かに進む。

僧侶たちが何やら長々しい読経を続けている間、まだ王の出御《しゅつぎょ》のない玉座の右側から、ひときわ目立つ姿の梵徳が何か合図を送ってきた。（落ち着け）というところだろうか。それだけ今の李三は、

浮ついて見えるということだろう。実際、ろくに地に足がついていないことが、自分でもわかる。ぎくしゃくと歩く姿に、誰かがくすりと笑いを漏らした。

読経が終わり、楽の音《ね》が変わった。背後から、ひたひたと歩み寄ってくる足音がある。李三は振り向きたい衝動を必死で堪える。

智慧公子だ――！　とうとうお会いできる――！

李三の右側から、ふわりと微香が漂ってくる。十年前と同じ香りだ、と気づいた瞬間、想像していたよりもずっと細く小柄な姿をした人物が、横に立つ気配がした。うわぁ、と李三が心の中で悲鳴を上げると同時に、銅鑼が鳴らされ、王が姿を現す。

着飾った十二人の王族、そして十二人の夜叉神将がいっせいに拝礼するさまは、壮観そのものだ。彼らを見下ろす玉座に優美な仕草で腰掛けた蓉国王は、姓を華《か》、字を智威《ちい》。昨年、父王の崩御を受けて即位したばかりの、この年二十三歳の青年王である。

かーん、と甲高く、鐘の音。

「余は、ここに宣《せん》する」

頭を垂れたままの面々に、若い声が告げる。ちらりと盗み見たところでは、背がすらりと高く、まだ年が若いことを差し引いても、容貌はかなり中性的だ。

「我が弟にして蓉国王太弟・華智慧《かちえい》に、これなる武官を授け、もってその称号を『夜叉神将・伐折羅大将』となす」

王の言葉が終わると、並み居る参列者の中で、一番派手な衣をまとい、頭巾をかぶった僧侶が進み出てきた。一歩後ろに控える従者が、真紅の錦帯を捧げ持っている。李三はかねて教えられていた通り、床に跪くと、右手を横に差し出した。右からも、細い手が伸べられる。しかつめらしい表情の僧侶は、ふたつの手を錦帯でぐるぐると結わえつけ、シュッと音を立てて結び目を作った。

(うわ……!)

上向きに、受ける形の掌の上に、細い手の感触。

(お、俺、いま、智慧公子の手を握ってる……!)

あらかじめ式次第は散々聞かされていたというのに、それが現実のものとなると、李三は思わず眩《め》暈《まい》がし、意識が飛びそうになった。公子の手を載せた掌が、じっとり汗をかいていくのがわかる。

「――す、すみません……っ」

儀式が終わるまで顔を見ることは許されない智慧に向かって、俯いたまま小声で詫びる。だが公子の左手からは、別段何の反応もない。まるで人形の手のようだ。

錦帯からは、さらに五色の紐が伸び、それぞれの端を十二人の王族と十二人の神将が握っている。王族は全員男子だが、夜叉神将の中には女とおぼしい姿もあった。白銀の髪を頂く老人から、いまだ背丈の伸びきっていない少年まで、年齢もまちまちだ。李三はどちらかといえば若いほうであろう。共通しているのは、いずれ劣らぬ武術の達人であり、王族の隣りに並び立つだけの気品ある容姿を備えていることだ。

読経なのか声明《しょうみょう》なのか、さっぱりわからない僧侶の呻《うな》り声が延々と続き、跪いたまま頭を垂れた姿勢に、いい加減李三が背中に痛みを感じ始めた時。

はらりと。

はらりはらりと舞い散る何かが、視界を極彩色に彩った。白、青、赤、黄、緑。五色の花弁が――

否、蓮の花弁を模した色紙《いろがみ》が、李三と智慧の頭上に降り注いでいるのだ。

投げているのは、居並ぶ僧侶と――夜叉神将たちだ。仏の来迎《らいごう》に、仏弟子や天の神々が花を降らせた、という故事にちなみ、今この場に仏の来臨あらんことを。そして新たに主従の契りを結んだふたりに、幸あらんことを、と無言の祝福を投げかけているのだ。

李三は思わず、彼らに視線を走らせた。常に気さくな梵徳が、例によって声を出さずに（お・め・で・と・う）と口を動かしている。

李三は熱く潤んできていた瞼が、ついに決壊するのを感じた。みっともない、とは思ったが、どうすることもできなかった。

「……ぐすっ……」

参列の面々が、ぐずり泣き始めた新しい伐折羅大将を、目を丸くして凝視している。さすがに、掌の中の細い智慧の手が、ぴくりと反応した。

「う、うう……！」

絹の袖口で目元を拭う。洟《はな》をすする。

ぷ、と誰かが嗤《わら》った。

それを端緒に、玉座の間を人々の忍び笑いが満たす。うわ、どうしよう笑われた、と焦燥に駆られていると、右隣から、ふん……、とごく小さく鼻を鳴らす音がした。

「こんな奴が伐折羅を名乗るとは……」

「――ッ？」

鼓膜に突き刺さるような口調の呟きに、李三は思わずそちらへ目を向ける。

目が合った。

李三は驚愕の声を上げかける。

心もち跳ね上がった目じり。つんと高い鼻。黒い絹のような、光をはじく髪。華奢な、肉付きの薄い体――。

そこにいたのは、せいぜいが十五か六にしか見えない、小柄な少年の容貌をした智慧公子だった。


「ついて来るな！」

野良犬でも追い払うかのような口調で吐き捨てつつ、智慧は李三を睨みつけた。そして棒を呑んだように立ち尽くす自身の夜叉神将から、ぷいと目を逸らし、歩を進めようとする。

「あ～、あの、えーと……」

李三は逡巡し、二、三度その場で足踏みすると、結局、おずおずと智慧の後ろを追った。

自分でも、まるで腹を空かせた痩せ犬が餌を乞うようだと情けなかったが、とにかく智慧の怒りを解かなくては、引き下がるに引き下がれない。すると智慧は、またくるりと振り向いた。目じりの上がった目を、さらに吊り上がらせて。叫ぶ。

「ついて来るなと言うておろうが！　そなたのような物慣れぬ輩にくっつかれては目障りでたまらぬ。去れ！」

「い、いや、でも、ですね」

李三は儀式の後も着込んだままの夜叉神将の正装をがちゃつかせて訴えた。

「夜叉神将は、何があってても主君のそばにくっついてるモンなんでしょう？」

――ひとたび神将として配されたからには、常に主君のそばに寄り添わねばならぬ。

次代の伐折羅大将と決められて以来、幾度も教育係から叩き込まれた第一の心得だ。たとえどのような妨害に遭おうと、たとえ主君その人から拒絶されようとも、夜叉神将たる者は、常に主君のそばに寄り添うことだけは押し通さねばならぬ、と。

なぜなら王族と神将が一対の存在であることは、蓉の国是を体現するものであるからだ。夜叉神将は、国の名誉を背負う存在なのだ、と。

それなのに智慧は、にべもなく李三を追い払おうとする。李三は困惑しつつ、乞うように智慧に掌を広げた。

「ねぇ公子。ご主君。みっともないとこ見せちまったのは謝ります。でも、俺の何がそんなに気に入らないんです？」

王が退席し、儀式が終わるや否や、智慧は「縁《えにし》の帯」をむしり取り、居並ぶ人々に、

『我は認めぬ！』

と高らかに宣言したのだ。

『何が新しい伐折羅大将だ。このような若造がその名を継ぐことなど、許せるものか！』

そう叫ぶなり、立腹もあらわに玉座の間から立ち去り、参列者や廷臣たちや李三を、ひどく戸惑わせたのだ。人々はざわつき、一部の王族や女官たちは、「ああ、やっぱり」という顔をしていた……ような気がする。

李三が思い出したのは、主従の初顔合わせとなるはずだった衣装合わせを、智慧が突然欠席したこ

とだ。

——ど、どういうことだ……？

李三はにわかに不安に駆られる。もしかして智慧は、新しい夜叉神将を迎えることを、最初から快く思っていなかったのだろうか……？

人々が醸し出す不穏な空気に、李三は慌てて智慧の後を追った。そして追いついたのが、ここ、芙蓉宮の奥まった一角、美しい庭園を巡る回廊の真ん中だ。

折しも、季節は春の盛り。温暖な蓉では、花の名を冠したその国号にふさわしく、一度に数種類の花が爛漫《らんまん》と咲き誇る。瑞香《じんちょうげ》、垂絲海棠《すいしかいどう》、碧桃《はなもも》、木蘭《もくらん》、丁香《リラ》……胸苦しくなるほどの香りが満ち、ぬるんだ池水の内では、鯉が舞姫のごとく優雅にひれをなびかせている。

麗しい春の一日だった。李三にとって、人生最良の歓びの日となるはずだった。今日のこの日に、李三は新しく主君となる智慧に忠誠を誓い、智慧はそれを、やさしく迎え入れ、そしてふたりは、この美しい王宮のどこかで、しみじみと語り合い、李三はそこで、あなたに再会するために十年間努力を重ねたのだと、それほどにあなたを慕い続けてきたのだと、想いの丈を智慧に伝えるはずだった。

『李三——いや、伐折羅大将。そなたはそれほどまでに我を……』

そう言って感激に目を潤ませる智慧の顔までも、すでに李三は脳裏に描いていたのだ。

……なのに、何かが違っていた。何かが、決定的にすれ違い、食い違い始めていた。李三は困惑しつつ、主君の癇《かん》の強そうな顔を見つめる。

「……兄上の御前で」

智慧は恨みがましい目で、李三を睨み上げる。長身の李三に対して、智慧の頭頂部は、その胸元あたりだ。

「我に恥をかかせておいて、我の夜叉神将だと？　伐折羅大将だと？　よくも臆面もなくその名が名乗れるものだな！」

李三は深く顎を引いて、おずおずと智慧の顔色を窺った。

「あの……つまり、さっきの儀式中に、俺がみっともなく泣き出しちまったことをお怒りで……？」

「他に何がある」

ぎろりと、目じりの上がった目が睨んでくる。だが李三は、安堵したように相好を崩した。

「よかった……！」

「──何？」

「いや、だってそうでしょう？　俺の存在そのものが気に入らない、と言われてしまっちゃどうしようもないですけど、あの失態を怒ってるだけなら、これからまだ、いくらでも挽回できるじゃないですか！」

胸を撫でおろし、ははは と笑う。

だが智慧から返ってきたのは、凍てつくような白眼だった。なまじ綺麗な顔をしているだけに、その異様な幼さとあいまって、ちょっと背筋がぞっとするほどの迫力だ。

「そなたなど、我は認めぬ」

「……すみません」

「我には新しい夜叉神将などいらぬ！」

「いや、これからは気をつけますから！」

「即刻立ち去れ！」

必死に縋《すが》る李三を怒鳴りつけ、だが智慧は不意に黙り込んだ。どうしたのか、と注視すると、続けて大声を上げたことで、息が上がったらしい。肩を上下させて、ぜいぜい言っている。

「ご、ご主君……？」

李三は思わず手を伸べた。この発育不良の公子には、大声で怒鳴ることすら苦痛な程度の肺活量しかないらしい。

「触れるな！」

ぱしり、とその手を払われる。どう見ても飢え死に寸前のくせに、人の手の餌を拒む野良猫のようだ。

「――もうよい」

根負けしたように、智慧は肩を落とす。

「とにかく、その顔を我に見せるでないわ」

踵を返し、憤然とした足取りで回廊を歩いてゆく。その姿は、いまだ儀礼装束のままだ。小柄な彼の身の丈に合わせて仕立てられた衣装は、大人の装束を無理矢理子供の丈に仕立てたようで、何か、ひどく――。

（かわいい……な）

主君に対してそう感じること自体非礼だと知りつつ、李三はつい相好を崩してしまった。あまりに昔と変わらぬ容貌には驚かされたし、どういう事情で成長が止まってしまったのかはわからない。本人にとってもおそらく、あの容貌は大きな不幸であろう。だが、初めて出会った頃の凛々しい少年の面影と再会できたのは、李三にとって思いがけない喜びだ。

「待って下さいったら、ご主君！」

床石を踏む足音も荒く、さっさと歩いてゆく背を追う。顔を見せるなと言われたが、何、構うものか。勝手について行くまでだ。

（だってもう俺は、このお方の夜叉神将なんだから）

すでに縁の帯で結ばれた、一対の存在なのだから――と、つい先ほどの儀式のさまを思いだし、李三は脂下《やにさ》がる。嬉しい。尻尾があれば全力で左右に振りたいくらい嬉しい。

やがて回廊は尽きて、王宮の一隅にある離宮の門前に至った。芙蓉宮全体の壮麗さからすれば小ぶりだが、それでも例によって各所に工芸美の粋をこらしてある。

その、二匹の竜が雲上を飛び交うさまを浮き彫りにした扉の前に、ひとりの夜叉神将が立っていた。智慧の姿を見て、背筋に緊張を走らせる。

「宮毘羅大将、兄上に取り次いでくれ。先ほどはお顔を拝しただけだったゆえ、ゆっくりとお話がしたい、とな」

「なりません」

ひどく謹厳《きんげん》な顔つきをした三十ばかりの壮年の神将は、慇懃に、だがにべもなく謝絶した。

「王はすでにご政務中であられます。弟君といえど、邪魔をなされてはなりませぬ」

「――何だと」

と智慧は眉を吊り上がらせた。

「弟の我が、兄上にお会いしたいと言っているのだぞ！」

髷を包む巾《きん》を振り乱して、智慧は叫んだ。かろうじて声変わりはしているが、それでも成人男子としては高い声だ。

「なりませぬ。王は政務にご多忙な身。申し出後即日面会などという横車は通るものではございませぬ」

いきり立つ猫のような智慧に対し、智慧の兄である蓉国王・智威の夜叉である宮毘羅大将は冷徹な声で応じた。黒々とした豊かな髪を一本のほつれもなく結い上げた好男子だが、あえて欠点をあげるなら、見るからに堅苦しそうなのが、李三には少し苦手に感じられるところだろうか。

「我は兄上の王太弟ぞ！　何ゆえ面会を求めてはならぬ！」

「王太弟殿下なればこそ、私情を通すことはなりませぬ。公私の別はわきまえられませ」

李三が見ていて思わずはらはらするほどに、宮毘羅の口調は慇懃無礼だった。自身の主君でないとはいえ、王族である智慧に対して、ここまで言ってしまっていいのだろうか。案の定、智慧は癇癪《かんしゃく》じみた声を上げる。

「私情で我を遠ざけておいでなのは、兄上のほうではないか！」

びりっと、空気が切れるほどの鋭さだ。

「……殿下」

「ご即位なされて以来、ゆっくりとお話しようとしても、今日は忙しい、明日も体が空かぬとそればかり……！　どうして、どうして我がそれほど、兄上に嫌われねばならぬのだ！　いつまで経っても大人になれぬ、この体のせいか？　それとも、廷臣どもが噂する通り、兄上は我を——」

「めったなことを口になさいますな、智慧公子！」

宮毘羅の一喝に驚いたのは、智慧ではなく後ろにオロオロと控えていた李三だ。それほどに、容赦のない、鋭い声だった。

「智威さまはもはや一公子の御身ではない。いかな双子の弟君とは申せ、昔通りの、ご兄弟の情誼《じょうぎ》が許されるものではございませぬ」

「……！」

俯いて唇を噛む智慧の顔を、李三は痛ましい思いで見た。発育の遅れのためか、二十三歳にしては表情までが幼い。否、あるいは心までもそうなのかもしれない。実の兄に思うように面会できないからと癇癪を起こすなど、まるで五歳児のようだ。

そんな智慧に、宮毘羅は諭すように告げた。

「……王太弟殿下。王とは尋常の御身ではないのです。その体も、お心も、時間も、すべては国家のためにあるもの。お寂しいからと言って、またご兄弟であるからと言って、それを自儘にしようとすることは、国の財を盗むも同然のこと。あなたさまとて、もし王の御身に万一のことあらば、その座に登らねばならぬお方でございます。下らぬ舌禍《ぜっか》でお立場を損ねられたり、我儘勝手を通して人心を失われるようなことは慎まれませ」

――なんて長ったらしい説教をする男だ。おまけに理屈っぽい……「今は時間が作れないから我慢しろ」でいいじゃないかよ……。

李三がなかば呆れ、なかば腹立たしく思った瞬間、

「もう、よい……！」

智慧は細い肩をひるがえした。李三は反射的に後を追おうとし、あ、と息を呑む。瞬間的だったが、

はっきりと見た智慧の目は、涙で濡れていた。

どくん、と心臓が大きく跳ねる。

――泣いているのだ。あの気の強い智慧が。それほどまでに彼は、双子の兄・智威を強く慕っているのだ。今のやりとりから察するに、兄の即位までは兄弟仲も睦まじかったのだろう。だが今は……？

「おっと！」

だが考えに耽《ふけ》る時間は、ごく短く唐突に終わった。智慧がすれ違った人物が、避けた弾みでころりと転倒したのだ。接触しなかったためか、智慧は気づかずに走り去って行く。

「だ、大丈夫っすか？」

李三は主君の失態に慌て、思わず口調を崩した。見れば、転倒したのは白髪の老人だ。骨でも折っていたら、大事《おおごと》になる。

「ほっほっほ、大丈夫大丈夫。お若い勢いに煽られてしまうただけでございまする」

従者と李三に助け起こされ、衣装の裾をぱたぱたと払うと、老人は袖で口元を覆い、婦人のようなしなを作って笑った。

「蓉の若公子さまには、お元気でいらっしゃいますなぁ。ほほ、ほほほほ……」

奇妙に甲高い声といい、男にしては細い骨柄といい、宦官《かんがん》（去勢された男性廷臣）か、と思うような外見だが、身にまとう装束は、高い身分を示す豪奢なものだ。

（諒人《りょうじん》か――）

北方の国境地帯で育った李三は、即座に見て取った。間違いない。襟元と袖口に毛皮を用いたこの装束は、かの北方の寒冷な国に住まう、騎馬の民のものだ。

はたして、老人はさっと拱手して名乗った。

「名乗りが遅れましたな。この老体は姓を白《はく》、字を珠樹《しゅじゅ》。今は白院君《はくいんくん》と称する者。新生伐折羅大将どの、どうぞお見知り置きを」

院君とは、「君主の父」を意味する称号だ。五国では、王位が伯父から甥へ譲られるなど、何らかの理由で君主でない者の子が君主となった場合、正嫡でない血筋に箔をつけるために、その父に与えられるのが習いだった。つまりこの白院君も、自身は人臣でありながら、子が君主の座についたがゆえに、そう呼ばれていることになる。

（そういえば、聞いたことがあるぞ。今は亡き諒国の二太子《アルターツ》・高獅心《こうししん》は、父王を殺して事実上の国主の地位に登った奸雄《かんゆう》だったが、終生、妻を娶らず、子を儲けることもなかったと。それゆえ死後、旗揚げ以来の腹心の子が指名によって後継となったと……）

ではこの老人が、くだんの腹心なのだろうか、と李三は老年にして整った眉目を注視する。

「何、今は諸国を遊行三昧の、気楽な隠居の身でございますよ、ほほ、ほほほ……」

李三の表情を見て、その心を読んだように老人は笑った。

（何か、摑みどころのない爺さんだな……）

李三は思わず両目を瞬く。宮毘羅大将がさりげなく肘で横腹を突《つつ》いてくれなければ、うっかり一礼も忘れるところだった。

「あ、えーと、新任の伐折羅大将にございます。先ほどは我が主君がご無礼をいたしまして、申し訳ございませぬ。平にご容赦を……」

「さてさて、蓉国の王におかれましては、何やら王弟殿下のご面会を断られたご様子」

ふ、と老人は袖口の陰で笑みを含む。

「ではこの年寄りなどは、挨拶も叶いませぬかな？　不都合なれば、出直して参りまするが」

「いいえ、左様なことは」

宮毘羅が、どこかしらりとした調子で応じる。

「我が王には、これより白院君さまとお会いになるがゆえに、弟君を謝絶なされたのでございますれば、どうぞ中へ――」

がこり、と重厚な音を立てて、竜の扉が開く。

老人は満足げに頷くと、諒人らしからぬ楚々《そそ》とした足取りで入室していった。宮毘羅が中から扉を閉ざす寸前、紫檀の榻《とう》から立ち上がって迎える智威王の姿が、李三の位置からちらりと見えた。一国の王が、隣国の元重臣とはいえ隠居の老人を迎えるには、やや過分な礼のような気がした。

「白院君？　ああ、あの老人はね、一年前に亡くなられた先代の王が、生前最後に寵愛された愛妃の養父なんだよ。智威・智慧兄弟にとっては、まあ義理の母親の父、ってところかな」

あの双子兄弟の生母は、早くに亡くなっているからね、と梵徳は得々と解説する。すでに日はとっぷりと暮れ、王宮内にも人の気配はまばらだが、この毛色の変わった公子のおしゃべりは、賑《にぎ》やかな昼間とまったく変わらない。静まり返った建物の中の空気も、灯火となるものが珊底羅の手元の心もとない油皿の燭《しょく》一本しかないことも、長く伸びる影も、足音だけがやけに響く不気味さも、この青年公子にはさして影響を与えないらしい。

「叔父・甥と言っても、私とあの兄弟とは九歳しか年が離れていないんだけど――」

　かつーん、かつーん……。

「父親である先代王の梵儀《ぼんぎ》さまが――まあ、亡くなった人のことを非難するのはよくないんだけど、あまり子供の養育に関心のある人じゃなかった上に、後宮での生活が極度にだらしなくてねぇ」

　かつーん、かつーん……。

「寵妃を次々に取り換えて、その都度彼女たちを兄弟の『嫡母《ちゃくぼ》』に仕立てるものだから、可哀想に、幼い頃の彼らは、一年かせいぜい二年ごとに『母親』がすげ替えられるありさまでさ」

「……」

　かつーん、かつーん……。

「王にしてみれば、彼女たちを『世継ぎの母』にすることで、政治的な立場を強化してやったつもりだったんだろうけど、王の寵妃になりおおせたからにはさ、女なら誰でも、自分の子を世継ぎにしたいって思うだろう？　だから首尾よく子を孕《はら》んだ妃の中には、まあ、智威や智慧に対して、ひどいことをする女《ヤツ》もいてね」

「……」

「そんな周り中が敵だらけみたいな宮中で、兄弟は寄り添い合って寒さを堪える雛鳥みたいに、互いを慰め合って暮らしていたんだ。特に智慧のほうは、小さい頃は体も気性も弱々しくて、兄の智威と先代の伐折羅大将にべったりだったなぁ」

「……」

「今となっちゃ真相はわからないけど、智慧の成長が止まっちゃったのは、歴代寵妃のうちの誰かが毒を盛ったからじゃないかってのが、もっぱらの噂《うわさ》。王宮ではどうしたって、長子の智威より次子の智慧のほうが、身辺の守りがザルになるからね」

「……」

かつーん、かつーん……。

「そんな環境で、国家の大事な王太子と控えの君を養育するなんてできないだろう？　でも肝心の王が愛妾にばかりかまけて、息子たちの身のことなんか少しも考えないもんだから、王族たちが鳩首《きゅうしゅ》協議して、あの兄弟は父王の身辺から隔離したほうがいいということになってね。元服後は私の離宮で一緒に生活することになったんだ。だからまあ、私にとっての彼らは、ちょっと年の離れた弟みたいなものかな」

「……そうだっ」

たんですか、と続けるつもりの言葉は、

「さあ、ついたよ。ここだ」

という梵徳の声に遮られる。

豪奢な王の居室のそれとは違い、朱塗りだけの簡素な格子扉が、廊下の尽きるところに建っている。

質実剛健で、いかにも武官の控えの間、という印象だ。

「ここが、歴代の伐折羅大将が使ってきた、『戌神房《いぬがみぼう》』——おや、どうしたんだろう？」

扉に手をかけた梵徳が、首をかしげた。砂色の髪が、珊底羅の手にある灯火に映える。

「おかしいな、鍵がかかってる——？　珊底羅」

主従はごく自然な動作で灯火を受け渡し、珊底羅が入れ替わりに扉に手をかけた。しかし扉はがたがたと音を立てるのみで、微動だにしない。

「何かがひっかかっている様子はないねぇ？　変だなぁ、新しい夜叉神将が着任する場合、その前日までに掃除を済ませて房《へや》を開けておくのがしきたりのはずなんだけど……」

「――何をしておいでです」

不意に、ひどく物堅い声がした。李三と梵徳・珊底羅主従がそちらを向くと、燭を手にした年配の女が立っている。衣装合わせの日にいたあの宮女だと、李三は気づいた。

梵徳がひらひらと手を振って応じる。

「やあ呂女史《ろじょし》。相変わらず怖い顔だね」

「梵徳公子――それに珊底羅大将、伐折羅大将」

呂という姓らしい宮女は、洗練された仕草で一礼した。女史というのはこの場合、女性一般に対する敬称ではなく、文字通り「史書（記録）を受け持つ女性」という意味の役職名だ。宮女としては、かなりの高位高官と言っていい。

「その房ならば、王太弟殿下の命にて、誰も立ち入れぬよう、封ぜられておりまする」

「ええ？」

「新しき伐折羅大将さまには、すでに別の房をお使いいただく旨、お伝えしておるはずでございますが……」

呂女史がやや非難がましい目で李三を睨んでくる。同じ目で珊底羅にも睨まれて、思わず、うっ、と身を引いた。どうやら儀式の前のあれこれのうちに、完全に聞き流していたらしい。しまった……。

「待ちなさい。どうして智慧は、そんなことを？」

意識してか否か、例によってさらりと助け舟を出してくれたのは、梵徳の声だ。

「それが……殿下には、未だ亡き先代の伐折羅大将を忘れがたく、その思い出の品々に手をつけることは決して許さぬと仰せで……」

「……っ」

「……！」

主君と神将が、ふたり同時に息を呑んだようだった。心もとない灯火の中だったが、常に陽気な梵徳の顔に、はっきりと凍りつくような絶句の表情が見える。

――何だ……？　先代の伐折羅大将が、どうかしたのか……？

「あの……？」

だが、李三が疑問を口にする前に、

「そこで何をしている！」

不意に鋭い声が響く。その場にいた全員が、飛び上がるように振り向くと、廊下を満たす闇の中に、ほの白い姿を浮かび上がらせて、智慧が立っていた。

「お、王太弟殿下……」

「呂女史、それに――梵徳叔父上？　今時分、このようなところで何をしておいでです」

「それはこっちが訊くことだよ智慧。お前、伐折羅大将にこの房を使わせないなんて、いったいどういう料簡《りょうけん》だい？」

どこまでも明るい梵徳の口調に対し、怨念がこもったような声が低く呻る。

「――我は新しき夜叉神将を迎えることなど、承知しておりませぬゆえ」

その白い、胡粉《ごふん》塗りの人形のような顔と相対して、梵徳はため息をつく。

「智慧、前の伐折羅は死んだんだ。お前は、今ここにいる新しい神将と、新しい生活を始めなくちゃならない。臣下の死を悼《いた》むお前のやさしさは貴重なものだが、いつまでも悲しみの中に自分を閉ざしていちゃいけないよ」

「あなたに何がわかるものか！」

突如、智慧は鞭のような声を響かせた。

「伐折羅の死を悼んでもくれなかったあなたに！」

「智慧……！」

梵徳が傷ついた顔をする。珊底羅が、それを見て悔しげに顔を歪める。李三は茫然と傍観したままだ。

智慧は自身の激昂を、肩で息をして抑えた。

「……叔父上、我は王太弟の地位にある身。いずれにせよ、王族末席のあなたの指図は受けません」

梵徳は、ぐっと黙り込んだ。王位継承権順位で言えば、智慧は第一位で、梵徳は年長ながらずっと下である。無論、だからといって親族の年長者に対し、このような口のきき方をしてよいわけはないのだが、しかし梵徳に智慧に対する命令権がないことは確かだ。

「――わかったな。鍵を渡してはならぬぞ」

「は、はい……」

呂女史が低頭する。その横をすり抜けるように、智慧は灯火も持たず、真っ暗な廊下を歩き去って行った。怯えも怖れもなく、闇に消えていくその姿は、まるで闇そのものに住まう幽鬼のようだ。

（俺のこと……一瞥もしなかった）

李三が、今日の儀式で縁を結んだばかりの相手がここにいるというのに、智慧の目は一度も李三を視界に入れなかった。怒鳴られるよりも蹴られるよりも、そのことに傷ついている自分を、李三は感じる。擦過傷のように、じくりと、長く痛む傷だ。

凍りついた空気が満ちる。

「ああもう！　あの寂しがり屋の甥っ子は、仕方がないなぁ！」

やや無理に、梵徳がその空気を破った。

「そりゃ前の伐折羅と智慧は、まだ彼が阿羅漢だった頃からずっと一緒で、父親を慕う息子みたいなところがあったけどさぁ。そろそろ気持ちに区切りをつけて、新しい伐折羅大将を迎えてくれなきゃ困るのに……」

「申し訳ございませぬ」

女史がひどく丁重に頭を下げた。

「わたくしどもも、精一杯ご傷心をお慰めし、またお諫《いさ》めもしたのでございますが……」

「だろうね。智慧はちょっと、他人の忠告や意見が入りにくいところがあるからなぁ……」

梵徳は顎をこすった。美貌の胡姫だったという生母の血を感じさせる、なめらかな顎だ。

やがて灯火を受けて、翡翠の瞳が光る。

「呂女史。ここの鍵は貴女が管理しているのかな？」

「あ、はい。左様でございますが」

「そう、では、構わないから、この房を開けて、中を片づけてしまいなさい」

宮女は明らかに動揺する。

「で、ですが」

「智慧の気持ちを思いやるのはいい。でもね、甘やかすのはよくないよ」

やんわりと、だが毅然と梵徳は告げる。李三は少々驚いた。その声には、気さくな物腰とは裏腹な、人に命令し慣れた重い響きがあったからだ。

「智慧の怒りが貴女たちへ向かったら、それは私が引き受ける。とにかくこの房は今夜からここにいる新しい伐折羅大将のものだ。亡き人への想いはともかく、けじめはきちんとつけさせなさい。いいね」

「は、はいっ……」

呂女史が心から畏れ入り、一礼する。

（これが、王族か……）

李三は感嘆した。この威厳。この揺るぎなさ。異様に口数の多い変わり者であっても、その地金は確かに無垢の黄金なのだ。王族というものは、貴種というものは、そういうものなのだ。

ふと見れば、珊底羅があるかなきかうっすらと微笑を浮かべている。その目がちら、と李三を見た。

（――凄いだろう？　うちのご主君は……？）

誇らしげな声が聞こえたような気がする。口のきけないこの夜叉神将は、目で多くを語るのだ。

畏《かしこ》まり一礼しつつ、呂女史が口を開く。

「ですが梵徳さま。房の中は、亡き伐折羅大将がお暮らしであった頃から、布一枚片づけておりませぬ。ですから鍵を開けても、今宵よりお使い、というわけには参りませぬ」

「そうか。ではさしあたって今夜だけは仕方がないな」

腰を低めて言い訳する中年の宮女を、梵徳は必要以上に責めることはなかった。

「伐折羅大将、悪いね。聞いての通りだ。この房の使用は明日からにしてくれ。代わりの部屋は、呂女史が案内してくれると思うから」

「は、はい――」

「じゃあね、がんばって。君には期待しているんだ。智慧をよろしく頼む。珊底羅、戻るよ」

さくさくと言いつけ、くるりと踵を返した梵徳は、砂色の髪を包んだ巾をなびかせて立ち去った。珊底羅は主君に従い、立ち去りざま、李三に武官礼を施す。反射的に礼を返した李三が顔を上げた時にはもう、梵徳は弾むような足取りで、珊底羅は武人としての力量を示す重厚な足さばきで、王宮内を満たす闇の中へ消えて行こうとしていた。

「あ、しまった」

李三は呟く。

「御礼の口上忘れてた……。てゆうか、俺、結局ろくにしゃべれなかったじゃねぇか……」

それを聞いて、隣にいた呂女史が、ぷ、と噴き出した。見るからに厳格そうな宮女が、小娘のように、く、く、く、と肩を震わせ、ようやく改まった顔を繕うと、李三を見上げてくる。

「梵徳さまにかかれば、大概のお方はそうですわ」

「ですよねぇ……」

「困ったお方でもございますが、人への気配りに長けておいでで、この芙蓉宮では、上下の誰からも慕われるお方でございます。王太弟殿下も現王陛下も、幼い頃から実の兄上同然に慕われ、懐いておいででした」

「そうだったんですか……」

「あのようなご容貌にお生まれでなければ、宮廷でももっと重んぜられる立場におられたはずですのに……」

はぁ、とため息をつく。李三はその言いように、少し違和感を覚えつつも頷いた。

生まれつきの髪や目や肌の色のために、能力にふさわしい地位を得られない。それはもちろん、あってはならないことだ。しかしこの王宮の内には、きっとそう簡単には克服できない、面倒な因習や頑固な蔑視があるのだろう。その程度のことは、下々の生まれの李三であっても想像がつく。

「そうそう、御寝所へご案内せねばなりませぬな。どうぞ、こちらへ」

呂女史が、絹沓《きぬぐつ》独特のひたひたとした足音を立てて先立とうとした時、李三はそのぴんと伸びた背筋に目をやりつつ、

「あの」

と声をかけた。女史が振り向く。

「何でございますか」

「この戌神房のことなんですが……。ご主君が、智慧公子が『いい』とおっしゃるまで、やっぱり片づけずに置いといてもらえませんか？」

「――は……？」

李三は女史の目を、まっすぐに見つめる。

「俺、その……何ていうか、ご主君が認めてくれるのを待ちたいんです。偉い人からの命令を盾に、無理矢理その場所を乗っ取るんじゃなくて……」

主君たる智慧の、李三のすべてを拒絶するかのような、尖った視線が目に浮かぶ。そして同時に、ごく自然に寄り添い、互いに敬意を持って接していた梵徳と珊底羅の姿も。

彼らこそが、李三が長い間夢見ていた主従のありようだった。自分と智慧も、今はぎこちなくとも、いずれはああなるべきなのだ。

「梵徳公子はああおっしゃるけど、人間の気持ちってやっぱり強制されて変わるものじゃないでしょう？　ご主君、智慧公子には、もっと自然に、ご自分の意志で、俺を伐折羅大将として受け入れて欲しいんです。俺、がんばります。がんばって認めてもらいます。夜叉神将になるために十年がんばったんだから、ご主君に認めてもらうためにも、また何年でもがんばります。だから、この房は――」

智慧公子の手で開いてもらいます。そう告げると、年かさの宮女は表情を引き締め、頷いた。

「新しき伐折羅大将どののまっすぐなお心根、確かに承《うけたまわ》りました。どうかご主君さま一途に励まれますように」

優美に一礼する呂女史の前で、李三は「よしっ」と両手の拳を握りしめる。

女史の老練な目に宿る光に、決して賞賛や感動だけではなく、不安や懸念が含まれていることにも気づいていたが――李三は、自信に満ち溢れて、明日からの生活に思いを馳《は》せた。

次代の王と定められた者は、王の正殿から見て東側にある御殿に住まう。

これは蓉のみならず、大陸五国に共通する習いだ。

国や時代によって微妙に違いがあるが、大体において、次代王の住居は「東宮《とうぐう》」または「東殿《とうでん》」と呼ばれることが多い。蓉国の場合は前者で、現在、ここは王太弟である智慧公子の住まいとなっている。

それはすなわち、智慧公子づきである伐折羅大将こと李三の日常もまた、東宮の内にあることを意味した。

「おはようございます！　ご主君！」

朝一番に夜叉神将の正装を整え、いきなり寝所に現れた李三を見て、まだ牀上に起き上がったばかりだったねぼけ顔の智慧は、瞬時にして化け物を見たような表情になった。

「貴様――」

「いやあ、今日もいいお天気で！」

身辺の世話をする宮女たちを差し置いて、李三はさっさと寝所の窓を開けてゆく。そんな李三に何か怒鳴りかけた智慧は、差し込む朝の光に正面から照らされて、眩しげにうっと目を閉じた。

――ああ、こうして見ると、本当に細いなぁ……

体格だけではない。智慧の肌色は本当に真っ白で、病的なほどだ。勝ち気で癇の強い表情に誤魔化されてしまうが、もしかすると慢性的に体調が悪いのかもしれぬ。

李三はつかつかと牀に近寄り、手を伸ばして、主君の頬に触れた。

「な――何をするかっ！」

ぱん、と音がして、智慧に手を払われる。いてて、とやや大仰《おおぎょう》に手をさすりながら、李三は「いやすみません」と軽い調子で詫びた。

「あんまり色がお白いもんで、本当に生きているのかと……」

「無礼な！　ちゃんと生きておるわ！」

「ですよねぇ。安心しました。陶器でできたお人形じゃなくて」

李三は昔、上官の部屋に飾ってあったそれを思い出しつつ、智慧の顔を凝視した。豊作の年の桃の実みたいに頬が丸いあれは、確か女児の人形だったはずだ――と回想し、ぷっ、と噴き出す。

「何を笑うか！」

智慧は目を吊り上げる。

「それに昨日、貴様など、我の夜叉神将と認めぬと申し渡したであろうが！　それがなぜ、のうのうとこの東宮に出入りしておるか。今すぐ我の目の前から消え失せよ！」

智慧の罵声を聞き、ああ、現実だ……と李三は改めてしみじみと実感した。確かに智慧は現実の存在で、自分は今日から、この可愛らしくて可愛くないご主君に仕える身になったのだ。

李三は朝日の差し込む窓を背に、堂々と胸を張って立った。

「いいえ、どこにも行きません。ご主君、俺、腹括りました」

「……何？」

「ご主君が根負けして、俺を受け入れてくれるまで、絶対に離れない。どんなに嫌がられても、追い払われても、しつこくしつこくおそばにいよう、って」

昨夜、呂女史に案内された私房で牀に横たわり、さて偉そうに決意表明はしたものの、いったいどうやって智慧の頑なな心を解きほぐそうかと、暗闇の中でまんじりともせず考え続け、李三はそう結論を出したのだ。

――考えるのに飽きて、ええい、と投げ出したとも言うが。

「だってどうせ、俺程度の頭じゃ、どんなに考えたって、気のきいた方策なんか思いつくわけがないですしね！　俺、馬鹿ですから、馬鹿は馬鹿らしく、ひとつ覚えで攻めて行ったほうがいいでしょ？」

精一杯考え抜いた揚句の結論を、奇妙に自慢たらしく断言する李三に、智慧はなかば呆れたような、なかば嫌悪したような表情で、ぽかんと口を開いた。その顔に向けて、李三は腰を屈める。

「――知ってますかご主君。祈禱《きとう》で雨を降らせるコツは、雨が降るまで祈り続けることなんですよ」

白い歯をニッと剝いて笑う。

十年だ。初めて智慧に会い、夜叉神将になろうと決意し、虚仮の一念で夢にしがみついて十年。馬鹿の一途さを舐めてはいけない。多少邪険にされた程度で、へこたれる李三ではないのだ。

すると智慧は、今度こそまごうことなき嫌悪と怯えの表情を浮かべ、衾《ふすま》を口元まで引きかぶって、牀の上を後ずさった。

「わ、我につきまとうつもりか、貴様っ……！」

虎に睨まれた兎のような様子に、李三はつい失笑する。

「いやいや、つきまとうも何も、そもそも夜叉神将ってのは、いつでもべったりご主君のそばにいるもんじゃないですか」

「そのような非礼、我は許さぬぞ！」

「いいですよ。でもご主君、俺の記憶違いでなければ、俺をご主君の神将に任命したのは王様で、そもそもご主君に、俺を追放する権限はないんじゃないですか？」

「……ッ」

智慧は言葉に詰まる。李三は痛いところを突くことに成功したらしい。

「それに昨日の様子じゃ、王様にお願いして俺を追放してもらうなんてことも、できそうにないですしねぇ」

兄王との不仲をほのめかしてやると、正真正銘の憎悪を込めた目が睨んでくる。やはりこの話題は禁句のようだ、と悟った李三は、ぱっと身を引き、軽やかに笑った。

「さあさあ、そうと決まれば早く起きましょう。さっさと起きましょう」

そそくさと告げるなり、その小柄な体に腕を回す。

「な、何を……」

と驚き抵抗するのも構わず、がばりと抱き上げる。

（うわ、軽っ）

文字通り羽のような軽さに、李三のほうが驚いた。勢いあまって、空へ放り上げてしまいそうになったほどだ。

「何をするか！　この無礼者が！」

じたばたと暴れるのを、「はいはい、動かないで」と有無を言わせず運んでしまう。その様子を、朝の身支度のために控えていた宮女たちが、目を丸くして見送った。

智慧を抱いたまま、中庭に通じる扉を器用に開き、柱が並ぶ殿舎の軒下に出る。

そこにあった陶製の卓と椅子に、すとん、と智慧を下ろすと、あまりのことに、智慧は下ろされたままの姿勢で硬直していた。その頼りなげな肩に、李三は自分の羽織りものを脱ぎ、ふわりとかけた。

「お寒くはないですか？　もう一枚、何か持ってきましょうか？」

「……い」

「は？」

「臭いっ。貴様の臭いがしてたまらぬ！　こんなものを我に着ておれというのかっ？」

「え、そうですかぁ？」

激昂する智慧を無視して、李三はその体をがしりと両手で掴む。

そして「な……」と固まるのも構わず、鼻先を智慧の首筋に近寄せ、ふんふん、と嗅いだ。昨日の薫き物の残り香とおぼしい香りが、智慧の体温とともに匂い立つ。

「大丈夫でしょう。多少俺のが臭ったって、その分、ご主君はいい匂いがするし」

「どういう理屈だ！」

「まあ、いいから、いいから。早く茶を淹れてもらいましょう？」

李三が促すと、何やら必死で笑いをこらえてる顔の宮女が、茶道具一式を捧げ持って近づいてきた。

その顔を見て、智慧は屈辱を感じたように口元をひん曲げる。

李三は一瞬、宮女が智慧に当たり散らされるのではないかと案じた。だがあきらかに怒っている様子であるにもかかわらず、智慧は宮女が茶の手さばきを披露している間、容儀を正してその場に座っている。

「――女にはやさしいんだ」

つい呟いた李三の声に、智慧は茶杯を取り上げつつ、「何？」と眉を吊り上げた。

「いーえ、何でも。……って何ですかそのお茶。えらく甘い匂いがしますな」

「よ、余計なお世話――」

「果実茶でございます」

宮女が答えた。すました顔だが、内心で可笑しがっていることがわかる。

「東宮さまは、甘いものがお好きでいらっしゃいますゆえ、侍医が工夫をいたしました。干した棗《なつめ》、杏《あんず》、柑橘の皮などが配合されております」

まだ若い宮女は、李三の味方をしてくれるらしい。「ほほう」と答え、李三はありがたくそれに便乗させてもらうことにした。智慧の手から茶杯を取り上げ、「何を！」と咎められるよりも早く、残っていた一口をちゅっと吸い取る。

「うわ、甘……。なるほど、こういうのがご主君のお好みですか」

「き、き、き、貴様っ……！」

わなわなと怒りに震えた智慧だが、次の瞬間、その口唇から迸《ほとばし》ったのは、李三に対する悪罵ではなく、小さなくしゃみだった。ぶるっと、その痩身が震える。

「ありゃ、やっぱり羽織りもの一枚では寒かったですか？」

「当たり前だ！　いくら春とはいえ、着替えもさせず外に連れ出しおって！　しかもこんな、冷たい陶の上に腰を――」

「ああ、それは気づかなかった！」

頭をかきながら、すまなさそうに、しかしがさつに謝って、李三は再度主君を抱き上げる。そして、自分が陶椅子に座り――。

代わりにとすん、と自身の膝の上に、智慧の体を下ろさせた。

その場にいた全員が絶句する。

「——何の真似だ」

やけに低い地を這うような声で、智慧が膝の上から問うてくる。李三は弾むように答える。

「こうすりゃケツの下も温かいでしょう？　俺、ご主君のためなら、世界でひとつだけの生きた椅子にだってなります」

「………」

「何だったら、ケツだけじゃなく全身暖めて差し上げますよ。ほうら、こうやって……」

調子に乗って、智慧の背に抱きついた次の瞬間——。

「この、無礼者めがぁ！」

甲高い叫び声が、東宮中庭に鳴り響く。

——その声は、李三と智慧の騒々しい日々の開始を告げる、高らかな合図となった。


「ご主君、ご主君！　どちらへ行かれます！」

石畳を走って追いつくと、智慧は額を押さえて、ため息をつく。ああ、見つかってしまった、という仕草だ。

ここは王宮内でも、書庫や工房などの比較的小規模な官舎が点在し、一般の官吏たちも出入りする区域である。身分に応じた官服を着た人々は、王太弟の姿を凝視するような非礼を犯すことはなく、皆さりげなく通り過ぎたり、手元の仕事に集中したりしているが、その耳はしっかりと智慧と李三の会話を捕らえていた。

「――犬か、貴様は」

「はぁ？」

「なぜそう鼻がきくのだ。どうしてこうも的確に、我の居場所がわかる？」

智慧はうんざりした口調だった。無理もない。どんなにこっそり東宮を抜け出しても、どんなに素早く遠くに逃げても、必ず見つけ出され、追いつかれてしまうのだから。

「どうして、ってそりゃあ……」

李三は考え込んだ。王宮に上がってからこちら、特に智慧のこととなると、奇妙なくらい勘が冴えるようになっている。だがそれがなぜかは、自分でもよくわからない。そして自分でもよくわからないことを、言葉で説明するのはひどく難しいのだ。だが、あえて言うなら。

「愛の力ですね」

途端に、脛《すね》を蹴られた。武官として最低限の武具は身に着けているが、急所に不意打ちを食らっては、さすがに何ともないというわけにはいかない。

「ひどいですご主君、本当なのに！」

脛を押さえつつ、涙目で抗議すると、智慧は「ふん」と鼻を鳴らしてすたすたと行ってしまう。李三は脛を抱えたまま、片足飛びで後を追った。

行き交う官人たちは、ひたすら見ないふりで通り過ぎていく。

「貴様ごときが愛などという言葉を軽く使うでないわ。おこがましい」

智慧は軽蔑しきった声で吐き捨てる。仏教国である蓉では、「愛」は、個人の好いた惚れたではなく、もっと大きな「やさしさ」「思いやり」「いつくしみ」という意味で使われることが多いからだ。

「軽くなんかありませんよ。俺は本当にご主君のことを――」

「おべっかを使うでないわ。口先ひとつで主君に取り入ろうなどと、浅ましいと思わぬのか」

「えー、だって……取り入ろうとして、何が悪いんです？」

「何？」

突然に振り向く。白い顔の尖った鼻先が、こちらを向いた。

「だって、取り入ろうとするってのは、好きになってもらうために努力することでしょう？　俺はこの先一生、ご主君に仕える身なんですよ。だったら、毎日ツンケンされるより、少しでもご主君に好きになってもらったほうが、幸せに過ごせるのは当然のことじゃないですか。幸せになりたいと努力することが、そんなに悪いことですか？」

「……」

あれ、黙ったぞ。おまけに足も止まった。

李三は自分の言葉が、意外なほど智慧の心に入り込んだのだと知って、逆に驚いた。彼の心の扉は、まったく閉じているわけではないらしい。どうやら当の本人にも思わざるところに、小さな隙間があるようだ。

「だ、だが、我は、貴様になど、絶対に心を開かぬぞ」

一瞬生じた何かを振り切るように、智慧は告げる。

「貴様はあの日以来、すっかり我の夜叉になりおおせたつもりでおるが、坊主どもの仕切りで、もっともらしい儀式をしたからといって、その日初めて顔を合わせた同士に、いきなり仲睦まじい主従になれというのが、そもそも無茶な話ではないか」

「いきなりでなくていいんですよ。これからちょっとずつ、俺に心を許してくれたら」

「許すものか！　絶対に許さぬ！」

行きかける。

「んなこたぁわかりません。夫婦だってそうでしょう。婚儀当日までお互い顔を見たこともなく結ばれても、五十年睦《むつ》まじく連れ添うのだって珍しかないじゃないですか」

「こ、婚儀に例えるでないわ！」

またぐるりと振り向く。

「よいか、『文と武の和合』の理念を体現する主君と神将は、世の常ならぬほどの精神的な繋がりを得た者同士でなくてはならぬのだ。我にとっての夜叉神将は、我の伐折羅大将は、かの老武人だけだ。死んだあの男だけが、我の伐折羅なのだ！　貴様のような若造がやすやすとその名を名乗っておるのを聞くと、怒りで腸《はらわた》が煮えてならぬ。ゆえに、我は貴様を好かぬのだ。わかったな！　わかったら、その顔が見えぬところにすっこんでおれ！」

早口で喚《わめ》いて、息を荒げて、ぷい、と行きかける背に、李三は「じゃ、じゃあ！」と声をかける。

「じゃあ、俺、ご主君の前では伐折羅の名を名乗りません！」

「――何……？」

「ご主君も、俺を本名で呼んで下さい！　それならいいでしょう？　俺が『伐折羅』でなければ、顔が見えるところにいても！」

思いがけない提案に目を瞠っている智慧に、歯を見せて笑う。智慧は内心で少々葛藤《かっとう》したのち、不承不承といった態で、口を開いた。

「――そのような提案は無効だ」

「どうしてです？」

「貴様の本名など、我は知らぬからだ。知らぬ名など、呼びようがないではないか」

李三はぱっと、笑みを閃かせた。

「それってつまり、教えろってことですね？　てことは、俺の提案、受け入れて下さるんですね？　俺が伐折羅を名乗らない限りは、俺をおそばに置いて下さるんですね！　ねえ、ご主君！　そうなんですねっ？」

「五月蝿いわ！　勝手に解釈いたすな！」

すたすたすた、と行ってしまう。小さな体で、えらく早足だ。

李三は自分でも笑み崩れているとわかる顔で、胸を張った。

「ご主君！　俺、李三っていいます！　スモモの李に、横三本の三！　読み書きもままならない無学な親がつけた、ろくでもない名前だけど、これが俺です。俺の本当の名です！」

智慧は足を止めない。聞くまい、とするかのように、耳をふさぎ、足を速める。

「ちょ、ご主君！」

「聞かぬ！　我は聞かぬ！　貴様の名など、聞いてなどおらぬからな！」

だがきっと、彼は聞いてしまっただろう。頑なに拒むようなその背を見て、李三は確信した。そしてまた、「待って下さいよぉ！」と、智慧の後を追う。

「ついてくるでないわ！　この駄犬めが！」

「何でですか！　交換条件成立したでしょう！」

「知らぬわ！　我はただ、貴様を伐折羅とは呼ばぬ、ただそれだけぞ！」

智慧は気強く言い張るが、その首筋があきらかに紅潮している。

悔しいのだ。自分が一本取られたことを、智慧は内心、認めてしまったのだ。

「よいな、ついてくるでないぞ！　……李三！」

と言い置いて駆け去る、その少女のような背を、李三は見送る。

そして、恐々と遠巻きにする官人たちの視線を浴びながら、ふふ、と笑う。

――やった、やった……！

李三は自分が、小さな勝ちを収めたことを知った。まだまだ道は遠いが、確かに李三は、今、智慧の心の扉を開く道の、ひとつの峠を越えたのだ。

うおぉぉぉん
李三は歓喜の声を放った。低く、だが遠くへ響くその声は、猛々しくも忠実な猟犬の、獲物を得た勝利の雄たけびに似ていた。


李三は、そろりと腹這いで草の上をいざり寄り、がさりと灌木《かんぼく》の枝をかき分けた。その低く窺う視線の先には、愛してやまない主君の智慧。どこからどう見ても立派なのぞきの態勢だ。

王宮の三分の一を占める、広大な庭の一角。深く水をたたえた池のほとりには、初夏の若葉が瑞々《みずみず》しく茂っている。豊かに垂れる梢や灌木に隠されたその小さな水辺の空間が、智慧お気に入りの隠れ家らしかった。

――でも俺からは逃れられませんよ、ご主君。

ふふん、と李三は笑う。ここ数日、まんまと尾行を撒かれ、雲隠れされていたが、王宮内をくまなく探して、大体この辺、と当たりをつけて探したことが、見事奏功したのだ。李三の智慧探査能力は、いよいよ猟犬のそれに似てきた。

智慧は小脇に二、三冊の本を抱え、手には小さな紙包みを持っている。大事そうに両手で捧げ持っているわりに、包み紙は何かの古紙らしき粗末なものだ。きょろきょろと周囲を見回し、人の気配がないことを確認してから、池のほとりによいしょと腰を下ろす。

「――やれやれ、さすがにここまでは来ぬようだな」

本気で辟易した声を聞いて、李三もさすがに少々傷つく。そんなに、そこまで俺が疎ましいのか。こっちはこんなに、夜も日も明けずに慕い続けているのに……いや、夜も日も明けずにしつこく追いかけ回しているからだと、わかってはいるが。

だがそんな不満も、すぐに霧消した。智慧が、これまでに見たこともないようなほくほくの笑顔で、包みを開いたのだ。中身は、棗や蓮の実、胡頽子《ぐみ》など、数種類の果実の砂糖まぶしのようだった。下町の女子供が好むような、庶民的な菓子だ。

どれから食べよう、と迷わせた指先でつまみあげたのは、甜柚皮《ティエンヨウピィ》（ざぼんの皮の砂糖漬け）だ。ぽいっと口に投げ入れて、もぐもぐ、と噛む。そしていかにも幸福そうに、にま、と笑う。

「……！」

李三は茂みの中で、音を立てずに身悶える、という器用なことをやってのけた。ああもう、どうしてこう可愛いのだろう。俺のご主君は――!

李三も直に仕え始めてから知ったことだが、素顔の智慧は意外に幼くて、可愛いのだ。十年前に見た、凜々しく知性的な貴公子の顔は、あれはあれで魅了されるが、かなり「作った顔」だった。本当の智慧は、甘いものが好きで、痛癪持ちで、ひとりになりたがるくせに寂しがり屋な、面倒くさい性分のお坊ちゃんだ。

ことにその甘党ぶりは、相当のものらしい。普通、王宮住まいの高貴な身は、あんな下町の裏店《うらだな》で売られているような菓子は口にしない。どこでどうやって手に入れたのか知らないが、あれは智慧の秘蔵品なのだろう。どこかに隠しておいて、少しずつこっそりと食べているに違いない。

(俺に言ってくれれば、いくらでも買ってきて差し上げるのになぁ)

李三は歯がゆい思いを噛みしめた。智慧の隠された一面を知っていくのは楽しいが、知れば知るほどに、その閉ざされた孤独な境遇を思い知らされる。だが李三には、それを慰めようと、手を伸ばすことすらいまだに許されないのだ。

李三に見られていることなど露知らぬ智慧は、行儀悪く胡坐《あぐら》を組んで、冊子を広げ始める。そのけばけばしくも粗末な装丁からして、こちらも本格的な学術書や、お堅い聖賢の書というわけではなさそうだ。作者や作品名まではわからないが、もっと庶民的な、娯楽小説のたぐいだろう。体を前のめりに倒して、すっかり内容に没頭してしまっている。

食い入るように目で字面を追いながらも、その指は時々、菓子に伸びる。ひとつつまんで、口に放り込み、おそらく無意識だろう、指についた砂糖粒を、ぺろ、と舐める。

――ずくん……！

李三の体内で、何か黒いものが突如として大蛇のようにのたうった。

（あ、まずい……）

男として盛りの年齢にある李三には、それが何なのか、さすがに自覚がある。あまり深く考えないうちに、意識してそれを追い散らす。

でなければ、たとえ妄想の内とはいえ、李三は自身の主君に対して、ありうべからざることを成してしまう。心から慕う智慧に対し、慕う、だけでは済まない感情を抱いてしまう。極貧の境遇からの成り上がりで、比較的清濁併せ呑むことに躊躇《ちゅうちょ》を感じない李三だが、智慧のことだけは別だった。あの小柄な王太弟だけは、李三の心の中の聖域なのだ。

だがそんな李三の葛藤など知るはずもない智慧は、その視線の先で、ころり、と地面に身を横たえた。行儀悪く腹這いになり、ほどなく、その姿勢も苦しくなったのだろう、仰向けになって冊子を顔の上に掲げる。

（――楽しそうだなぁ）

その姿に、ここは智慧の解放区なのだと李三は悟った。ここにいる限りは、智慧は公子でも王太弟でもない、ただの青年でいられる。好きな姿勢で好きな本を読み、好きな菓子を好きなだけつまんで、常に折り目正しく、慇懃で威厳ある王太弟でなくてはならぬ重圧から解放されるのだ。

（声をかけるのは、やめておこう）

李三は心を決めた。

（いつかご主君が、こういう場所でも、俺が隣にいることを許してくれるまで……）

それまでは、ただの護衛として、静かに見守っていこう……。

甘い初夏の風が吹き過ぎる。どこからともなく清涼感のある香り。鳥の鳴き声。

平和な、どこまでも平和な時が過ぎていく……。

「――ねえあなた、くだんの者をご覧になって？　あの新任の伐折羅大将」

不意に、蝶が戯《たわむ》れるような若い女の声が、李三と智慧、双方の体をぎくりと竦ませた。

見れば、上司の目を盗んで休息を取りに来たらしき宮女がふたり、青葉も眩しい沙羅双樹《さらそうじゅ》の木の下を、そぞろ歩いている。灌木の茂みを隔てているために、彼女たちからは李三も智慧も見えないらしい。

「ええもちろん！　今や芙蓉宮じゅうの噂の的ですもの。おほほ、確かに『伐折羅』は戌年《いぬどし》の守護神でもあるけれど、あれでは本当に智慧公子の飼い犬のようですわね」

「飼ってももらえない犬、の間違いでしょ」

おほほほほ、と笑う声。

見れば智慧も、女たちの会話に聞き耳を立てながら、冊子の中に顔を突っ込み、くくく、と笑みを堪えている。

李三はその場で地面に顔を埋めて脱力した。

――ああ、どうせ女の目から見た俺なんぞそんなもんだよな。冷たい飼い主からの愛情を、おこぼれひとつでもいいからもらえないかと、顔色を窺い窺い、ついて歩く犬。怒鳴られ、蹴っ飛ばされるたびに、尻尾を後足の間にしゅるんと丸めて納めているさまは、さぞかし惨めで滑稽《こっけい》に違いない。わかっている。わかっているさ……。

「でも、あたくしたちにとってはいい気晴らしになるわ。ここしばらく、王宮ではよくないことが続いて、息が詰まるような空気でしたもの」

宮女の一方が囁く。

「そうそう、来月には、ようやく白妃《はくひ》さまの葬儀も正式に執り行われることに決したそうよ」

「ええ？　だって白妃さまは、先代王と共に、もう一年も前にお亡くなりじゃ……」

「馬鹿ね。だからじゃないの。まさか一国の王が、お妃さまと絡まり合ったままお褥の中で頓死《とんし》、なんて、公表できるわけないでしょう？」

宮女は同僚の言葉に、あれぇ、と形ばかり恥じらう声を上げ、袖で顔を覆う。

「……それって……つまりアレ？」

「そうよ。前の王様は、若いお妃さまを閨《ねや》でご寵愛なさるために、以前から年甲斐もなく、外国から取り寄せた精力剤みたいなものを、たくさんご愛飲なさっておいでだったの。そしてあの夜も、お相手の白妃さま共々、それを召されてお楽しみになり、夜半に突然、おふたりとも心の臓が……」

「まぁ……」

女が呆れた声を出す。見れば智慧は、唇を噛んで、恥辱に耐えるような表情をしている。

男女の情事中の急死——つまり腹上死など珍しくもないが、一国の王ともあろう者が、若い女相手に張り切りすぎた末に、相手共々薬物中毒で頓死とは、確かにあまり公表したくない話であろう。ゆえに現王とその重臣たちは、国の体面を保つために、女の方の死を公表せず、一年間「公式には」生かし続けたのだ。

宮女は、ややわざとらしいため息をつく。

「それにしても、どうしてこう王室に凶事が続くのかしら。まるでこの芙蓉宮が、悪霊に魅入られたよう」

それを聞いた同僚が、得たりとばかりにやりと笑う。

「魅入られたのではなく、もうずっと以前から住み着いているのではなくて？」

「それって……もしかして、王太弟さまのこと？」

智慧の体が、ぎくり、と硬直する。

――何だって……？

ご主君が、智慧公子が、悪霊……？

否応なく宮女たちの声を聞かされながら、智慧が蒼白な顔色で震えている。李三は地面に爪を立て、湧き上がる怒りを堪えた。この女たちは、したり顔で、何を語ろうとしているのだ？

「だってそもそも、昔から双子は不吉というじゃないの。その上、現王陛下と王太弟殿下は、ご生母がお産の際にお亡くなりになってしまわれて、前王も母を殺した子らなどいらぬと、嫡長子と次子であるにもかかわらず、あのご兄弟にはほとんど見向きもされなかったそうよ」

「まあ……」

「最初は重臣の方々も、嫡長子に次ぐ智慧公子のご身分を慮《おもんぱか》って、王ともあろう方が迷信に惑わされてはなりません、とか何とか諫言《かんげん》されていたそうなんだけど、現に公子のご成長が止まってしまわれてからは、よくないことが続いたし――」

智慧はいよいよ蒼白に、がたがたと震えている。その顔を灌木の陰から覗き見ながら、李三は焦った。いい加減その口を閉じろ、女どもめ……！

「ご健康体のはずの現王さまも、幾人もお妃さまやご側妾さまがいらっしゃるというのに、いまだに御子が生まれず、王族がたの間でも不幸な死が続いて、智慧公子に忠義篤《あつ》かった前の伐折羅大将も、刃傷沙汰の末にあんな死に方をするし――」

――えっ……？

李三は思わず顔を上げかけた。どういうことだ。あの先代の伐折羅が、刃傷沙汰……？

女の赤い唇が、さらに毒の糸を吐き出した。

「そして、遂には王ご自身までもが――やっぱり、前王がおっしゃった通り、智慧公子は不吉なお方なのよ。王室に災いを呼ぶ……」

がさっ……！　と茂みが揺れる。

たまりかねた李三が、灌木の茂みを飛び出したのだ。

「な、っ……？」

宮女たちが、驚愕のあまり、身を寄せ合って立ちすくむ。

「ば、伐折羅大将……？」

李三は、女の顔を見て、目に殺気を込めた。

「――おしゃべりが過ぎますぜ、御嬢さん方」

それ以上、俺のご主君を悪く言ったら、その口縫い付けてやる。

ふつふつと滾《たぎ》る怒りのままに、胸の中で呟くと、女たちは何か感じるものがあったのだろう、血相を変えて駆け去って行った。

その背を見送りながら、李三はふうとため息をつく。

――まったく、なんて場所だ、この王宮ってところは……。

「貴様……」

不意に横から、智慧の怒りに震える声がした。見れば、蒼白な表情の智慧が、握りしめた拳をぶるぶると震わせている。

あ、と李三は慌てる。

「ご、ご主君、その……」

――どうしよう。どうやってお慰めしよう……。

李三は怒りから一転、おろおろと狼狽《うろた》えた。女どもの悪意と呪詛《じゅそ》にまみれた生々しい話を聞かされた智慧に、どう言葉をかけたものか、とっさに思いつかなかったのだ。こういう時だけは、馬鹿な自分の頭が呪わしい。

「あ、あのですね、その」

「……ずっとそこにいたのか」

智慧が白眼で睨んでくる。

「え？」

「我の姿を、盗み見ていたのか」

――うわ、矛先がそっちへ向いたか……！

罵詈《ばり》雑言《ぞうごん》の嵐を覚悟したその時、

「この不埒者《ふらちもの》が！」

智慧は一喝を残して、不意にその場から駆け出す。

物音に驚いた水鳥が、慌てたように水面から飛び立って行く。

「ま、待って下さい、ご主君！」

全力で駆ける智慧を、李三は全力で追った。だが体力のない智慧が、鍛え上げた武官の足から逃げ切れるはずがない。ほどもなく、大きな榎《えのき》の木の下で、李三は智慧の肩を掴んで、捕らえた。

「離せ！」

暴れて逃れようとする智慧の体を、李三は必死で引き留める。なぜか、そうしなくてはならないような気がしたからだ。今、この智慧を、ひとりぼっちにしてはならない、と。

「離せ、離さぬか！」

「ご主君、ご主君……！」

顎を捕らえて、無理に顔を上げさせる。痛々しいほどに傷ついた目が、それでもなお、李三の目を睨みつけて、拒絶の視線を放ってきた。

「何だその情けない顔は。臣の分際で、主君に同情などいたすな——我なら、慣れておるわ」

ふう、と諦観《ていかん》に満ちたため息をつき、尖った声を漏らす。

「あんな噂話を聞かされるのは、しょっちゅうだからな。この王宮の者たちは、誰もかれも心の中で、我をああして疎んじ、嫌っているのだ。そんなことはもうとうに知っておる。今さら傷ついたりなどせぬ」

「——ッ」

これほど下手な嘘を、李三は聞いたことがない。傷ついてなどいない、平気だ、と言うのなら、この目じりに滲む涙は何だ。この青ざめた頰は、色あせた唇は、心まで冷えるような冷笑の表情は

――！

李三はたまらない気持ちになった。もしかすると、智慧がいつも癇癪持ちの子供のような振る舞いをするのは、孤独に傷つき疲れた本心を見せまいと、虚勢を張っているからなのかもしれない――。

「――っ、な、何をする……！」

李三は両腕で、智慧の全身を抱きすくめた。あまりに胸が痛くて、上手く言葉が出てこない。ただただ抱きしめることしかできない。そのもどかしさが、さらに腕に力を込めさせる。

「おい、苦しい――！　離せ、離さぬか……！」

「誰もかれも、なんかじゃない！」

腕の中に閉じ籠めた痩身に、李三は必死で訴える。

「誰もかれもなんかじゃない。俺がいる。俺はあんたを蔑んだりしない。あんたを嫌ったりしない！だって俺は、あんたが、ちょっとだけ皮肉屋だけど、本当はとってもやさしい、思いやりのある人だって、知ってんだから！　ずっと昔から、知ってたんだから！」

「……っ、な、何を馬鹿な」

「だから、そんな顔で泣くなよ！　あんたには本当は、明るい笑顔のほうが似合うんだからな！　笑ってくれよ！　俺に、笑った顔、見せてくれよ！」

笑えよ、笑え、と連呼する。主君たる人をあんた、などと呼んで、もう無茶苦茶だ。わかっているが、冷静になることができない。どうしてもできない。

ざわわ……と風が、榎の青い葉と丸い実を揺らす。その陰で、木漏れ日に輝く、智慧の白い顔。紅い唇。

「う……っ」
そのざわめく物音の中で、李三はついに、智慧の唇を奪った。

薄い胸の上に衾を着せかけながら、「子守唄歌ってあげましょうか？」と囁くと、智慧は李三を睨み、それから目を逸らして、「消え失せろ馬鹿者が」と返してきた。

……いつに増して口調が恨みがましいのは、きっと昼間、いきなり口づけられたことを、根に持っているからだろう。あまりのことに腰が抜けて、『た……立てぬ』と泣きごとを漏らす智慧を、背におぶって東宮に帰り着いたことも、そのありさまを呂女史をはじめとする宮女たちに見られて驚かれたことも、すべての羞恥が恨みとなって、李三に向かっているのだ。

だが、あいにくとその望みは聞いてやれない。李三は今宵、智慧の寝所の次の間で、宿直《とのい》の番につくことになっている。寝ずの番、というわけではないが、武官服のまま剣を抱いて眠るのだ。夜間も二度ほど、寝所に異常がないか確認することになっている。

「おやすみなさいませ」

と一礼し、宮女たちがさがっていく。灯火は次の間にのみ徹夜で灯されることになっている。無論、李三自身が油を継ぎ足すのだ。だからこの灯火が消える時は、李三がうっかり熟睡してしまっている時、ということになる。

一刻、二刻と時が過ぎて、ふっ、とその灯火が消えた。するとその途端、寝所の智慧が動き始めた。衾褥に横たわりながら、じっと眠らずに気配を窺っていたのだろうか。何ともはや、虎の咢《あぎと》を躱《かわ》すべを熟知した老鹿のような辛抱強さだ。

きぃ、とかすかな音がして、ぱたりと窓が閉じる気配がした。むく、と起き上がって寝所の扉を開くと、牀の上に人が眠っているような盛り上がりがある。衾をまくれば、中身は丸めた衣服や毛布類だ。李三はぷっと噴き出した。見事な空蝉《うつせみ》の術だが、牀の下の沓がなくなっているあたりがまだまだ甘い。

「元兵士を、舐めないで下さいよ」

衾を元に戻してひとりごちると、李三は上着を羽織って腰に剣を帯びた。

「兵営暮らしの経験のある人間ならね、夜中に寝床を抜け出す方法くらい、誰でも心得てるんだ」

智慧の行動が大体読めるようになった今では、わざわざ人を呼んで騒動を大きくする必要はない。ひとりで後を追って、こっそり連れ戻せばいいだけだ。

窓から抜け出したということは、おそらく東宮内にはいないだろう。さて、どこか……。しばし頭をひねった後、李三は夜陰の宮中をひた走った。そしてたどり着いたのは、夜叉神将たちが詰める殿舎だ。戌の方角に応じる位置にある——戌神房。死んだ伐折羅が使っていたという房の窓が、案の定、少し開いている。

「……なのだ、伐折羅」

窓の下に取りつくと、智慧の声がした。

「それなのに梵徳叔父上は、そなたのことなどさっさと忘れて、新しい伐折羅と面白おかしく暮らせ、とおっしゃるのだ。ひどいだろう……？　あの方だけは、我の心を理解して下さると思っていたのに

……」

李三は一瞬、智慧が誰かと密会しているのではないかと疑った。それほどに智慧の声は安らぎ、流れるようになめらかだった。李三に向ける、棘を含んだ拒絶の声とはまったく違う、相手を懐に受け入れきった声だ。

「それにな、あの李三というのはひどい男なのだぞ。無礼者で図々しくておせっかいで、そなたと違って、主従の何たるかなど湊もひっかけぬ。今日などは、庭で、わ、我の唇を……」

そこで口ごもったのは、おそらく羞恥心が湧いたからだろう。かあぁ、と首筋を赤らめる顔が、目に浮かぶようだ。

がつん、と何かを殴る音がする。

「ああもう、腹の立つ！　何が悲しくて、齢二十三にして初めて口づけを交わした相手があの男なのだ！」

「……！」

初めてだったのか、と李三は驚いた。では俺は、智慧の生涯初の口づけを、この口で……と、自らの唇に触れつつ、歓喜に震える。

嬉しい。いや、嬉しがってはいけないのだが、やはり嬉しい。望外の喜びとは、まさにこれのことだ。

しかし。

「それとな、伐折羅。我と兄上は、もう駄目らしい――」

聞くだけで胸が痛くなるような弱気な声に、脂下がっていた李三はぴたりと固まる。

「以前は三日に一度はお受け下さった朝夕のご挨拶も、この頃はまったく、お会いしても下さらなくなった。王となられた兄上にとってはもう、こんな体の我は、目障りな邪魔者でしかないのだろう――」

ぐずっ、と洟をすする音。智慧はか細い声で泣き始める。

「なあ、伐折羅……我はそなたが乱心したなどと、今も信じておらぬ。信じておらぬが、もしそうなら、どうして父上を襲ったりしたのだ。どうして――」

ひっく、ひっくと嗚咽《おえつ》する声。

「どうして、人を斬りたくなったのなら、真っ先に我を斬ってくれなかったのだ。どうして、我を、こんな寂しい王宮に、ひとりぼっちで残して行ったのだ。やさしかったそなたを失い、兄上に嫌われ、叔父上に突き放されて、我はこれから、どうすればよいのだ。伐折羅、伐折羅……！　答えてくれ、伐折羅……！」

夜陰に、忍び泣く声が低く響く。

李三はその場で、手で口を覆って身を丸めた。智慧よりもさらに、彼は泣き声を上げることができなかった。

「悪かったね。急に呼び出したりして」

こぽこぽ、と床しい音と共に、茶の香りが立つ。

「そろそろ、君が来てひと月経つから、どんな様子かなぁ、と思ったんだけど……」

労《ねぎら》いつつ、梵徳は李三の顔を覗き込む。

「――苦戦しているようだね」

「申し訳ありません」

「いや、怒っているわけじゃないよ。むしろ智慧が君に理不尽な苦労をさせていることを、叔父として詫びたくてね」

李三が通されたのは、王宮の一角、梵徳の離宮の庭にしつらえられた、簡素な亭《あずまや》である。卓の上には茶器一式と、数種類の包子《バオズ》（饅頭）や粽子《ツォンツ》（ちまき）など、軽くつまめる軽食が出されていた。甘党の智慧に対して、梵徳は辛党らしく、かなり香辛料の効いた味付けだ。思わず、酒が欲しくなる。

離宮は、正確には殿舎と呼んだほうが正しいような、簡素で小規模な造りだった。ここに比べれば、さすがに智慧の東宮は金殿玉楼と呼ぶにふさわしい。だが主の性格を反映してか、どこか陰鬱で重っ苦しい東宮に対し、この離宮は、どこまでも明るく開けっぴろげで賑やかだ。

軒先にはたくさんの鳥籠が吊るされ、色とりどりの小鳥が妍《けん》を競い、主《あるじ》の足元には狆《ちん》がまとわりつき、庭池では水鳥が数種類、宮人の手から餌をもらっている。庭木や草花の種類も多く、大木の枝からは鞦韆《しゅうせん》（ブランコ）が吊るされ、小さな子供たちの姿も見えた。

男女五人ほどの幼児たちは、今、庭の一角で、珊底羅大将にまつわりついて遊ぶのに夢中だ。聞けば梵徳の子ではなく、様々な事情で親を失った子らを集め、猶子《ゆうし》（相続権を持たない養子）として養育しているのだという。

「私には子はいないんだ」

梵徳は相も変わらず重いことをさらりと告げる。

「室《つま》を二度、娶ったんだが、どちらもお産で、子供と一緒に亡くなってしまってね……最初が娘で、次が息子だった」

李三は思わず目を瞬いた。

「そうだったんですか……」

産褥《さんじょくし》死は珍しくないこととはいえ、二度重なるとは大層な不運だ。もしや先日、女どもが噂していた「王族の間で続いた不幸な死」とは、彼の妻子のことだろうか。李三は常に笑みを絶やさない男の顔を、茫然と見返した。

「うん、可哀想なことをしてしまった。多分、この体に流れる異国の血は、かよわい深窓の姫君の体には重すぎるんだろう。だからもう結婚はしない。その分、王室の子らや、廷臣たちの子を気にかけることにしたんだよ」

その筆頭が智威と智慧の双子兄弟というわけだ。そこでふと、梵徳は憂い顔になる。

「成長が止まった智慧に比べれば、智威は一応健康体で、王としてもそこそこの器量を見せているが、気になるのは、いまだに正后にも側妾にも子がないことと、即位してからこっち、急に智慧に対して態度が冷たくなったことかな。元来聡明な性格なのに、国王という孤独な地位についたことで、猜疑《さいぎ》心《しん》を増大させて身内や重臣の粛清《しゅくせい》に走ってしまった君主は、五国の歴代にも珍しくないから、少し心配だね。それから、やっぱり智慧だ」

椅子の足元にうずくまる狆の頭を撫でてやりながら、梵徳はため息をつく。

「もともと少し繊細なところがある子だったんだけど、先代の伐折羅を失ったことで、すっかり周囲に心を閉ざしてしまった。唯一半身のように慕っていた兄からも拒絶されて、誰も信じられず、誰の言葉も受け入れられず、暗闇の中で迷子になってしまっている感じだね。だから君みたいに底抜けな

――いや、遠慮のない……その、何ていうかな。変に周りの空気を読んだりしない――」

「がさつで不作法で結構です」

「うん、その、多少強引に心を開かせようとする人間のほうがいいだろうと思って、何人かいた候補の中から、私が君を推挙したんだよ」

「――知りませんでした。それは……」

ありがとうございまする、という言上は、甲高い鳥の声にかき消された。バサバサと羽音も高く卓上に飛んできたのは、色鮮やかな羽を持つ鸚鵡《おうむ》だ。李三が驚くのをよそに、梵徳は鳥が茶を盗み飲もうとするのを叱らず、茶杯を持ち上げて飲みやすくしてやった。

「で、どう？　智慧と上手くやっていける、見込みはありそう？」

「正直……自信がなくなってきました」

鸚鵡がくるりと巻いた嘴《くちばし》で茶杯の端をかちかち噛もうとするのを、李三は見つめる。

「俺、実は一度だけ先代の伐折羅大将と直接会ったことがあるんです。十年前、まだ田舎から王都へ出てきたばかりの俺が、無用な騒動を起こさないよう、仲裁に入ってくれて」

「へえ？」

「風格のある老武人で、見るからに器量の大きな男でした。智慧公子が、ご主君があの男にまだ心を残しているというなら、俺はあの男以上の男にならなくては、ご主君はお心を許してはくれないでしょう。でも、いったいいつになったら、そんな器量を身に着けることができるのかと思うと――」

しおしおとうなだれる李三に、梵徳はふうとため息をつきつつ、自分で茶のおかわりを淹れた。

「君が先代とそっくり同じ形代になる必要はないよ」

「でも、いえ、しかし……」

「それに君も智慧も、先代の伐折羅を神聖化しているが、彼だって何も完全無欠の人間だったわけじゃない。むしろ人格者には程遠い短慮なところがあって、夜叉神将たちの間でも、困ったご老人扱いだったものさ」

「だけど、ご主君はあんなに……」

泣いて恋しがるほどに、亡き伐折羅を慕っている。妬《ねた》ましさと智慧への想いに、苦い思いを噛みしめると、梵徳は軽く首を左右に振った。

「智慧が伐折羅に懐いていたのは、父親に顧みられなかった反動だよ。もともと、兄は――先代の蓉王・梵儀は、自分の嫡《ちゃく》長子《ちょうし》と次子が、不吉とされる双子であることが気に入らなかったみたいで、ことに成長が止まってしまった智慧はつらく当たられていた。子を成すこともできぬ不孝者よと、一時は公式の場への立ち入りを禁じたほどだ」

子供たちが、わぁぁと歓声を上げて走り回っている。その声が一瞬、李三にはひどく遠くに聞こえる。

――本当だったのか。どうせ、おしゃべり好きな女どもの作り話だろうと思っていたのに……。そんな、そんな……。

「伐折羅はそんな主君を不憫《ふびん》がって、よく泣きわめきながら王に抗議していたよ。『王とは国の父でもあるものを、血を分けた我が子をいつくしまぬ者が、どうしてよき王でいられましょうぞ』ってね……夜叉神将は一種の神聖身分だから、王といえどもよほどのことがない限りこれを処罰できない。それをいい事に……というと聞こえが悪いが、まあ要は智慧可愛さのあまり、王に直言や直訴を繰り返して、王宮の騒動の種になっていたわけだね。今思えば、あれは主君に対する忠義というより、親馬鹿に近かったかもしれない。智慧が王都を微行するのにいつも付き合っていたのも、空気の淀んだ王宮にいては気鬱《きうつ》が募るだろうと配慮したからだそうだが、それがまた、身分にふさわしくない軽々しい振る舞いだと、王には気に入らなくてね」

「……そんな……」

親子としては冷たい関係だったとは聞いていた。だが、そこまで父親に疎まれていたとは――。李三は改めて衝撃を受け、膝の上で拳を握りしめる。あの痾のきつい表情の中に、どこか青白い孤独の影を感じるのは、きっとそのせいなのだろう。

「王がそんな調子なものだから、一時は王宮の空気も、何となく智慧を排除するような方向に行きかけてね。だけど嫡長子で王太子の智威が、妃を迎えて数年経っても子を儲けられない、という事態になった時、国法によって、次期東宮には次子の智慧を立てざるを得なくなった。そうしたらまあ、ものの見事に皆の態度が変わってね……智慧はそんな周囲の身勝手さにも、ずいぶんと傷ついたみたいだ」

ゲー！　と、色鮮やかな鸚鵡が、思わぬ悪声で鳴く。李三は声もなく、ただただ梵徳の語ることを聞いている。

「あの子が兄の智威や先代の伐折羅に過剰に執着するのは、彼らだけが不遇な時も変わらず味方をしてくれたからさ。だけどその兄にも距離を取られ、伐折羅は不慮の死を遂げた。智慧が頑なに心を閉ざすのも無理はない」

梵徳は鸚鵡を腕にとまらせた。そして、ほいっと弾みをつけて、空に放ってやる。

体の重い鸚鵡は、ばたばたと不器用な飛び方で殿舎のほうへ飛び去っていく。

「……梵徳さま」

李三は青年公子の顔を正面から見つめた。

「うん？」

「話して下さいませんか？　先代の伐折羅大将が、どうして死んだのか――！」

梵徳の動揺を感じたのだろう。狆《ちん》が顔を上げ、くう、と鳴いた。翡翠の目が、いつもと違う警戒の色を浮かべて、李三を見る。

「……噂を聞いたのかい？」

「尋常な死に方でなかった、ということだけは」

「ふうん、で、それを知ってどうするつもり？　単なる醜聞に対する好奇心なら、口を割るのは願い下げだよ」

一見、親しげでありながら、梵徳は厳しく一線を引いてくる。だが李三は身を乗り出して食い下がった。

「ご主君を、これ以上傷つけたくないんです……！　俺は、その、あんまり頭がよくないし、暗黙の了解だとか、禁忌事項だとか、そういう微妙な空気も読めないから、何も知らないままじゃ、うっかりしちゃいけないことをやらかしたり、言っちゃいけないことを口走ったりして、ご主君の触れられたくない傷をえぐっちまうかもしれない。それは、それだけは避けたいんです……！」

「――なるほどねぇ」

梵徳はようやく愁眉《しゅうび》を開いた。

「君は本当に――あの子を愛してくれているんだね」

「……え……？」

李三が驚くのと同時に、子供らの相手をしていた珊底羅が、同じ表情で振り返る。梵徳はふたりの夜叉神将の顔を見て、ゆったりとした笑みを顔面に刷《は》いた。

「ごめんよ。私は君のことを、実は今まで少し疑っていたんだ。君があの子の心を開かせようと努力するのは、あの子への愛情からじゃなくて、この王宮で地位を築こうとする野心とか、あの子の美しさに対する欲望のためじゃないかってね」

李三は、はっ、と息を呑む。

――それは……否定できない……。

悲惨な境遇から、必死の思いで抜け出した李三にとって、「智慧の夜叉神将になる」という夢は、すべての原動力だった。この十年間、智慧の隣に立つ自分を思い浮かべれば、どんな苦労もできた。だがそれは、今思えば、「智慧のために役に立ちたい」という視点を欠いた、ただの高貴な人に対する憧れでしかなかった。

――じゃあ俺は、あの方のために努力しているつもりで、本当は自分を鼓舞するために、都合よく利用してきただけだったんだろうか……？　出世のために？　夢を叶えるために……？　あるいは、恋心のために……？

内省的な表情になり、顔を曇らせる李三を見て、「いやいや」と梵徳は手を振った。

「でも今の君は、違う。あの子の境遇に心を痛め、あの子のために何かできることはないかと、暗中模索している。どんなにあの子に拒否されても、わがままをぶつけられても、決して見捨てないでいてくれる。あの子に——智慧に必要なのは、まさに君のような人だ。君はもっと、自分の愛情の深さに自信を持っていい」

「梵徳さま……」

「わかったよ、伐折羅大将」

梵徳は茶で唇を湿らせる。長い話をするつもりなのだ。

「話してあげよう。あの怖ろしい、先代の伐折羅大将が逝った日のことを——」


「あれは寒い日のことだった。この王都にも珍しく雪が降り積もった。一年半前のことだ。憶えているかい？」

その日、梵徳と珊底羅は、たまたまその時、王が日頃の政務を行う正殿前を歩いていたのだという。荒天だったせいか、普段ならば幾人かは見られる廷臣や宦官たちの姿もない、灰色の日だったそうだ。

「『前』と言っても、正殿の南庭は王の即位式だとか結婚式だとかの、国家の正式行事を行う場所だから、やたらにだだっ広い。だが、私と珊底羅は、何の因縁か、その時正殿階《きざはし》下の、まさに真ん前にいて——」

そして、よく耳に馴染んだ声を聞きつけた。年老いて、大木の幹のように節くれだった、深いだみ声。先代の伐折羅大将の大音声だった。

「ああ、またあのご老人が、何か騒動を起こしたな。最初はそう思って苦笑しただけだった。でも、どうにも様子が変だ。ふたりして様子を窺っているうちに、剣を打ち交わすようなキーンという刃音がした。当然ながら、宮中で刃傷沙汰など、ありうべからざることだ。私と珊底羅は、階を駆けて登ろうとした。するとその中くらいのところで、正殿の扉をぶち破って、人の体が転がり落ちてきた」

その瞬間、落下に巻き込まれそうになった梵徳は、とっさに珊底羅に抱えられて飛び退き、間一髪、難を逃れたのだという。

「もしまともにぶつかっていれば、おそらく私も無事では済まなかっただろうな。何しろ落ちてきたのは、身の丈六尺の大男でね」

「もしかして、それが——？」

「そう、伐折羅大将だった」

李三は想像する。あの巨軀《きょく》の老人が階を転げ落ちてきたとは、さぞや緊迫した場面だったに違いない。とっさの間に主君を救ったという珊底羅の働きは、見事という他はなかった。李三は同じ夜叉神将として、少々嫉妬を感じる。

「下まで転げ落ちた伐折羅大将は、すでに血まみれの状態だった。いわゆる袈裟懸けにばっさりと斬られていてね、おまけに首の骨を折って、すでに絶命していたよ。私はすぐに正殿へ駆け上った。珊底羅は制止したが、王族として、王の危急の時に、わが身の安全など考えていられないからね」

階を頂上まで、すなわち正殿まで駆け上った梵徳は、そこで主従共々立ちすくんだのだという。何となれば。

「そこに、人の腕が一本、落ちていたからさ」

「……」

積もった雪の上に赤い血が散らばって、凄惨そのものの眺めだった、と淡々と語る梵徳の言葉に、李三は胸元を押さえた。辺境で兵士をやっていた頃には、無残な屍《しかばね》などいくらでも見ていたが、この壮麗な王宮での惨殺事件、と思うと、想像ながらその酸鼻な光景には、吐き気を催してしまう。

「すぐそばに、肩を押さえて苦しんでいる武官がいた。王の夜叉神将である毘羯羅大将《びからだいしょう》だった」

状況は明らかだった。何らかの諍いの末、ここで夜叉神将同士が剣を抜いて斬り合いに及んだのだ。梵徳は毘羯羅の手当てを珊底羅に任せ、彼にとっては年の離れた長兄にあたる王の安否を確かめるべく、正殿に駆け込んだ。

王は――。

「王は、玉座の下で腰を抜かしておられたが、傷ひとつなくご無事だった。ただかなり取り乱しておられて、『余を助けよ、余を助けよ、伐折羅が、伐折羅が！』と繰り返し、泣きわめいておられたよ」

一国の王の醜態を、これ以上人目に触れさせるわけにはいかぬ。梵徳は迅速に命を下し、宦官たちに王を正殿から連れ出させた。彼がしっかりと安定を取り戻し、人前に出ることができるようになるまで、十日かかった。その十日間、王は後宮の女たちにひたすら慰められていたのだという。

「結局、何があったのか、王の証言を聞き出し、我々に伝えてきたのは、一の寵妃である白妃だった。知っているだろう？　あの白院君の養女として、諒国からやってきた……」

「王と共に、妙な薬の飲み過ぎで死亡したとかいう？」

「ああ。先代王をその肉体で虜にした、妖姫と呼ぶにふさわしい女だったが、名うての謀臣に育て上げられただけあって、なかなか気丈な女性でもあってね。すっかり腑抜けてしまった王に代わって、事件処理を一手に取り仕切ってみせたよ。彼女が言うには、伐折羅大将はあの日、たったひとりで玉座の間に乗り込み、人払いを望んで王に謁見《えっけん》したのだそうだ。そして突然、何やらわけのわからぬことを喚き散らすと、剣を抜いて王に斬りかかり、それを阻止しようとした毘羯羅大将に斬り伏せられたと」

「……信じられません。本当なんですか？　それは」

「うん、わけがわからないよね。でもおそらく、それが真実だ。事件後、傷がもとで間もなく死んでしまった毘羯羅大将の証言とも一致する。結局、事件は伐折羅大将の乱心による突発的な刃傷沙汰とされ、その遺骸は罪人のものとして処理された。刑場で朽ち果てるまま野ざらしにされて、ろくに弔《とむら》いもされなかったはずだ」

だが無論、智慧はそんな結論に納得しなかった。父である王に、何度も何度も、真実の究明と、伐折羅の名誉回復を求めて直訴しようとしたという。

「でもそれは、『王が嘘の証言をしているに違いない』と公言するに等しい。私は必死で制止したよ。もし万一、王の怒りに触れて廃嫡《はいちゃく》なんてことになれば、死んだ伐折羅も浮かばれないと思ってね。だけどそのことがまた智慧の逆鱗に触れてしまって、今や私も彼の『敵』なのさ」

梵徳はひっそりと笑んだ。李三は、その顔を見て初めて気づく。

（この公子さま、本当は見かけほど陽気で明るい人じゃないんだ……）

むしろ梵徳は寂しい人なのだろう。異形の姿に生まれて王族内に居場所はなく、妻に死なれて家族には恵まれず、可愛がっていた甥にまで距離を置かれて、その傷心を、動物たちや他人の子に愛情を注ぐことで、やっと慰めている。そういう人なのだ――。

「まあ、智慧の心に大きな傷と疑惑を残しつつも、事件はどうにか落着したんだが、あれ以来、宮中の智慧を取り巻く空気が、何だか微妙になってしまってね――」

梵徳は狆を抱き上げ、よしよし、とその濡れた鼻先を愛撫する。

「どういうことです？　伐折羅大将が乱心の末に刃傷沙汰を起こしたからって、どうしてご主君の立場が悪くなるんですか？」

「んー、つまり……。本当は、伐折羅は乱心したのではなく、智慧の意を受けて乱心を装い、王を斬殺しに行ったんじゃないかって噂が、誰からともなく立って、ね……」

「そんな――！」

李三は再度立ち上がりかけた。それを、梵徳は手振りで座らせる。

「無論、そんな噂は根も葉もないことだ。第一、本当に王を暗殺する気なら、自身の夜叉神将に白昼堂々、正面切って玉座に乗り込ませるなんて、そんな馬鹿な手を使うものか。でも宮中ってのは、とにかく悪い噂だの疑惑だのが好まれるところでね」

くぅん、と狆が鳴く。

「また間の悪いことに、それから半年経たないうちに、王と白妃が揃って頓死した。こんなことは、蓉国始まって以来のことだ。噂には拍車がかかり、今度こそ智慧公子が父と義母に一服盛ったんだという疑惑が広まった。白妃の養父である白院君がたびたび宮中に乗り込んで来るのも、養女の死に関して、詳細な調査と智慧の取り調べを要求してのことらしい。智威は今のところそれを退けているが――外交上、どこまであの強大な軍事国家の要求を蹴ることができるか、不安だね。それにどうやら、彼自身、かまびすしい噂に引きずられて、智慧を疑い始めているような気がするし――」

「何ですって……？　本当ですか……？」

李三は驚いた。信じられない。だって李三が仄聞《そくぶん》したところでは、智威と智慧は、もともとずいぶんと仲のよい兄弟だったと言うではないか。だが梵徳は憂い顔で首をひねる。

「それがね、聞いたところでは、智威は自分になかなか子が生まれないことに苛立っていて、即位してから人が変わったように神経質になり、人の言動に過敏になっているらしいんだ。そんな精神状態のところへ持ってきて、智慧が呪われた子で王室に不幸をもたらしているだの、王位を狙って兄に子が生まれないように呪い師に呪詛させているらしいだの、下らない噂話を毎日繰り返し聞かされちゃ、おかしくもなるだろう」

わあっ、と歓声が上がる。珊底羅が、数種類の手毬を空に放り上げ、子供たちに見事なお手玉を披露しているのだ。何と、大道芸人顔負けの腕前だ。

「――いいや、もう一歩踏み込んで、実は父王と白妃に毒を盛ったのは、智慧ではなく現王の智威だという噂もある。女に腑抜けにされて老耄《ろうもう》した父親を片づけて王位に登り、さらにその罪を目障りな王太弟になすりつけることで、自分の地位を脅かす弟を排除し、一石で二鳥を落とす腹づもりなのだとも――」

一瞬、頭上を厚い雲が通り、日が陰った。梵徳の乳脂色《にゅうしいろ》の肌に、青白い影が落ち、ひどく陰惨な表情が、幻影のように現れる。

李三はぞくりと震えた。

「まさか、そんな……」

「いずれにせよ、智慧の身は想像以上の危険に晒されているということだ。王弟というのは元来微妙な立場だし、まして王太弟となると――李三……いや、伐折羅大将」

梵徳は姿勢を改めた。

「これはあの子の叔父として、蓉国王族の一員としての頼みだ。これから先、何があっても智慧を守ってくれ。この王宮は魑魅魍魎《ちみもうりょう》が飛び交う魔境のようなところだ。だから君だけは、何があってもあの子の味方でいてやってくれ。私も国を乱さぬために、精一杯のことはする。兄弟の間で争いなど起こっては、周辺諸国にどう付け込まれるか、知れたものではないからね」

「梵徳さま……」

「何かあった時は、いつでも頼ってくれていいからね。がんばるんだよ、伐折羅大将」

梵徳は、にこりと笑う。

李三は無言で拱手一礼しながら、ずしり、と頭に重みがかかるのを感じる。

真っ赤な羽の鸚鵡が、ぐえぇ、と鳴いた。

かつーん、かつーん、と足音が響く。

殿舎を満たす暗闇の中、灯火の油皿を手に、ひとり戌神房の前までやってきて、李三はその簡素な朱塗りの格子扉を見上げた。

——先代の、前の伐折羅大将が使っていた私房。

眼前にそびえ立つような扉を睨みつけ、李三はぎゅっ、と手甲の皮が軋む音を立てながら、拳を握り込んだ。

——智慧に許してもらえるまでは、彼の前で伐折羅と名乗らない。伐折羅の房も使わない。必ず、智慧にこの李三こそが己れの夜叉神将だと認めさせてみせる——。

そう意地を張ったことに、後悔などない。だが、智慧のあまりの嘆きの深さと頑なさを前に、日に日に自信の薄れてゆく今、心にどす黒い嫉妬が湧き上がるのを、どうすることもできない。

数日前、この房で聞いた智慧の嘆きが、耳に蘇る。

『どうして――我を真っ先に斬ってくれなかったのだ。伐折羅……！』

がたん！　と音を立てて、扉に手をつく。

くっ……と、前歯を噛みしめる。

――そんなに、そんなにあいつが、あの老武人が好きだったのか。ひとりぼっちで残されるくらいなら、殺されても構わない、と思えるほどに……。

死者は、永久に卑怯だ。遺《のこ》された者の心を捕らえて放さない、という意味で。

それはつまり、李三の想いが報われる日も、永久に来ないということなのだから。

「……なあ、伐折羅の爺さん」

李三は扉の向こうに満ちる死者の気配に、話しかける。

「あんたいい加減……成仏してくれないか？」

死者は沈黙している。李三はなおも話し続ける。かたかたと、扉についた手を震わせながら。

「今、ご主君のそばにいるのは俺だ。一番ご主君をお慕いしているのも、大切に想っているのも俺だ。死んじまったあんたじゃない。梵徳さまも、そう言ってくれた。だから幽鬼の分際で、俺の前に立ちふさがらないでくれ。いい加減、ご主君を俺に譲ってくれ……！」

ぼうっ、と音を立てて、灯火が揺れる。

死者はどこまでも沈黙している。

がつん！　と扉を殴る。

「ちくょう……！　あんたが生きていたら、いくらでも勝ってやれるのに……！　あんたに勝負を挑んで、打ち負かして、どっちがより伐折羅大将としてふさわしいか、どっちがご主君をより強く想っているか、きっちり白黒つけてやれるのに……！」

苛立ちまぎれに、また、がつん！　と扉を殴る。すると何の弾みか、扉の鍵がかちりと外れ、キィ……と軋みながら、薄く開いた。

李三は、息を呑む。

それがあたかも、死者が李三を房内へ差し招いたかのように思えたからだ。

――入れ、ってことか……？

それとも……「この若造が、中に入ってどうにかできるものならば、やってみるがいい」という、伐折羅からの挑戦だろうか。

ごくり、と李三は喉を鳴らした。どちらにせよ、その内から差し招くのは、死者の魂魄《こんぱく》。つまり幽鬼だ。正真正銘、掛け値なしの化け物だ。

「じょ……上等じゃないか」

望むところだ、と李三は扉を押し、大きく開いて、その内へ立ち入る。

万一にも人の不審を招かぬように、扉は後ろ手にきちりと閉めた。

小さな灯火に照らされた、亡き武人が暮らしていた痕跡そのままに保管されているという房内は、やや埃っぽい匂いがし、あまり片づいてはいなかった。整理されずに立てかけられたままの武具や、屏風にひょいとひっかけられた衣類など、いかにも無骨な武人の住まい、という感じがする。

李三は想像を巡らせる。あの夜、智慧はこの房で、ひとり虚空に漂う幽鬼と語り合っていたのだろうか。否、あの時の声は、もう少し何か、実体のある、具体的なものに話しかけている感じだった。

（それは何だ……？　何だろう。ご主君はいったい何と語り合っていたのだろう……？）

李三は目をこらし、眇め、身を屈めたり伸ばしたり、房内の様々な場所を覗き、物色した。元来が大ざっぱで単純な性格のために、探し物の類はあまり得意ではない。物の混み合った空間に、長身を屈めるのも一苦労だ。

がつん、と肩が戸棚に当たる。ばさばさと何かが崩れ落ち、石床でもうもうと埃を立てた。独特の、古びた紙と顔料のそれが交じり合った匂い。

「……読み本……？」

拾い上げて表題を読み、李三は目を丸くする。

「鬼修史《きしゅうし》の『秋琴伝《しゅうきんでん》』じゃないか……！　ええ？　しかも第五巻……？　これって第四巻が出たところで著者が病気になったとかで中断してたんじゃ……」

それは一時期、王都の巷で文字通り紙価を高めた武侠《ぶきょう》小説――主に武勇に優れた人物が活躍する冒険小説――だった。第一巻から三巻まで、約半年置きに順調に刊行されていたのに、三から四の間が二年ほど開いて、その後、ぱったりと続編刊行の噂を聞かなくなった連作物だ。しかも第四巻の終盤は、恩人だと信じていた宰相が、互いの共通の敵だと知り、ようやく長年の恩讐に終止符を打った主人公とその敵役が、だがしかし、宰相の奸計《かんけい》によって、再び敵対関係に陥ってしまう――という、まことにあざとい展開のまま、もう何年も続編が刊行されず、熱心な読者を悩乱させた、いわくつきのシロモノである。

「し、知らなかった。続きが出てたのか！　ええ？　本物だよな？　性質《タチ》の悪い版元が開版《かいはん》した偽作が出回ったたって事件、前に実際にあったたって聞くし」

心もとない灯火の中で、矯めつ眇めつ、李三は冊子を凝視した。すると崩れ落ちたのとはまた別の山が、どどっと倒れてくる。それもすべて、小説、小説、小説……文字通りの本の山だ。

「こ、これ全部、武侠小説……？　うわ、水汪子の『湊国史異聞《そうこくしいぶん》』、雷児同の『続《ぞく》・睡蓮堂秘録《すいれんどうひろく》』。凄い……！　飛び切り面白いやつばっかり、よりすぐりで揃ってるじゃないか！」

李三は憂いも忘れて顔を綻ばせる。

小説、とは、五国においては「大事でない、取るにたりない、俗っぽいお話」という意味で、要は庶民的な娯楽性の強い読み物のことだ。お堅い学者やお高い貴族、一流の文人墨客などには低俗で猥雑であるとして徹底的に軽蔑され、時には俗悪に過ぎるとして取り締まりの対象にすらなるが、庶人の間の人気は圧倒的だった。無論、李三も、どうにか読み書きができるようになるや否や、勉学や調練の間隙をぬって、賃書舗《ちんしょほ》（貸本屋）に通いつめ、貪るように読みふけったものだ。

「これ全部、伐折羅の爺さんの蔵書なのか……？」

呆れたような、感心したような口調で呟いた李三の肘に、こつん、と軽い感触が当たる。振り向いて見れば、それはちょうど硯箱《すずりばこ》くらいの大きさの、竹を編んだ籠だった。ずれた蓋の下から、古紙の包みがいくつか覗いている。そして中からは、甘い果実のような匂い。

見れば中身は、杏や金柑《きんかん》の砂糖まぶしだ。

李三ははたと思い当った。

「そういえば……あの時、池のほとりで……」

果実の砂糖漬けをつまみながら、何やら没頭して読みふけっていた智慧の姿を思い出す。つまりこれは智慧のおやつであり、この蔵書も、おそらくは智慧のものなのだ。

「そうか——」

李三は悟った。ここは、智慧の秘密の書庫なのだ。おそらく前の伐折羅大将が協力して、あまり人には知られたくない愛読書を保管していたのだ。高尚な文華を誇る大国の王太弟ともあろう者が、こんな低俗な読み本を手に取るなど、少なくともお堅い王宮で、大っぴらには許されることではないだろうから——。

「な、何だ……そうだったのか……」

李三は脱力する。智慧がこの房に手をつけさせなかったのは、単にこの可愛らしい秘密を知られたくなかったからなのだ——。

「は……はは……」

安堵と同時に体が揺らぎ、背後の棚に手をつく。

だがその手が、思いがけず何かにぶつかった。

重いものが、床に転がり落ちる衝撃。同時に、がしゃん、と何かの砕ける音。

李三はハッと振り返る。そして自分の足元に、ごろんと転がる兜と、その砕けた飾りを見つけ、青ざめた。

伐折羅大将は十二支の対応では戌年の神に当たる。そのため、兜の頂《いただき》と帯の前盾飾りには、犬の意匠が施されているのだが、その兜の頂についていた犬の像が、もげて首を落としてしまっている。

（う、わ、しまった——！）

声も出せずに、李三が慌てて跪いた、その時。

ぎぃ、と軋む音を立てて、灯火を手にした智慧が、扉を開いて現れた。

「李三……？　こんなところで、何……を――」

そして床に跪いた李三が手にした、折れた犬の首と、兜を目にし、絶句する。

凍りつくような、しばしの間。そして。

ばしっ……！

次の瞬間、李三は智慧の手で、思い切り頬を叩かれていた。本より重いものを持たない細腕がもたらす衝撃など、大したものではなかったが、智慧に手を上げられた、その事実への衝撃が、李三を愕然と絶句させる。

「き、さまっ……！」

智慧は灯火の中でも白い顔をさらに白くさせ、青ざめた唇で叫ぶ。

「よくも伐折羅の遺品を！　我の大切なものを！」

「ご、ご主君……」

「我がこの房へ立ち入らせぬことへの報復かっ？　それとも、我が貴様を認めぬゆえの鬱憤《うっぷん》晴らしか！」

智慧の尖った声に、李三は慌てて手を振り、否定する。

「ご、誤解です！　これは、たまたま、その」

「たまたま、何だというのだ！」

「たまたま、扉が開いていて、中を覗いたら、め、珍しい本があって、その……！」

「見え透いた嘘をつくな！」

灯火がボウッと音を立てて揺らぐほどの怒声を、智慧は放つ。

「貴様のような田舎者が、本に興味を持つはずなどないではないか！」

――い……っ……。

ぐさり、と李三の胸がえぐられる。それも、もっとも深く、もっとも触れられてはならぬ禁断の場所が。

――田舎者が……本に興味を持つはずなど……田舎者が……。

田舎者。それはこの十年、李三が必死の努力で振り払った劣等感だった。学を修め武を磨く傍ら、都人風の作法や言葉づかいを必死に身に着け、どうにかこうにか糊塗《こと》しおおせた地金だった。それを、よりにもよって智慧が、十年前、「田舎者であっても学びたいという意思さえあれば」と激励し、李三を救ってくれた当の智慧、その人が、深々とえぐり、否定した。一度は癒《いや》された傷を、まったくのご破算にかき広げる、最悪の形で――。

蒼白になった李三の顔を、智慧は斜めに覗き込んでくる。

「そのしつこさでまんまと伐折羅になりおおせたとはいえ、そのような鍍金《メッキ》が我に通用するものか。さっさと出て行け。これ以上、伐折羅の遺品に卑しい野良犬の臭いをつけるな！」

刹那、李三は衝動的に、摑んだ体を自分のほうへ引き寄せた。反射的に抗おうとする力を無理矢理封じ、頭の後ろに手を回して、懐へ抱き込んでしまう。そして。

「う……！」

相変わらず警戒心の足りない、憎い悪罵を吐く唇を、ふさぐ。李三を理不尽に罵った報いに、深く舌を絡ませ、いやらしく蠢かせて、唾液をたっぷりと口中に送り込んでやる。

「う、う……うぅぅ……っ！」

嫌悪感に暴れるのを抱きつぶし、なおも懲罰の口づけは続く。李三が智慧の口中から舌を引き抜いたのは、呼吸を奪われた智慧の顔色が青黒くなる寸前のことだ。

「……あんまり、舐めないで下さいよ」

李三は狼のように呻る。

「俺だって、男なんだ」

その言葉には、ふたつの意味が複合している。決して傷つけられてはならないものを持つ、という意味と、もうひとつ、その気になれば、智慧のか細い体など、ひと呑みに食らいつくしてやれるのだ、という意味と。

「ねぇ、あんた……」

李三は憎さに震える指で智慧の頤を摑みながら、主君をそう呼ぶ。

「あんた、知らないでしょうご主君。肉の悦楽にはね、浮世の身分の上下なんか、簡単にひっくり返せる力があるんだ。肉体を支配してやれば、人間なんて簡単に陥落する」

そう、李三はそれを、昔、散々に思い知らされたのだ。

「現にあんたの父親だって、一国の王でありながら、出自の怪しい寵妃の虜になって、色々道を誤った」

「……っ」

「俺がどんなにあんたを欲しくても、自分のものにして散々弄《もてあそ》んでやりたくても、それを行使しなかったのは、どこまでもあんたが愛しくて、大切だったからなのに――」

それを、智慧は自ら損なった。李三を傷つけ、怒らせた。だからこれからどうなろうと、何が起ころうと、それは智慧のせいだ。自業自得だ。俺のせいじゃない。

――だからもう、何をしてもいいんだ。

その言葉が、煮詰めた蜜のように甘く、ぐわんぐわんと頭を回る。よほど異様な眼光をしていたのだろう。李三の顔を茫然と凝視していた智慧の目に、初めて恐怖の光が走った。

「り……りさ、ん……？」

そんな怯えた哀れな声を出しても、もう、遅い。

李三の手が、智慧の錦帯にかかる。その時。

ギィ……と音を立てて、開いた扉から、新たな灯火の光が差し込んだ。

黒々とした、たくましい輪郭。

「さ、珊底羅大将……？」

李三は目を眇めつつ、その人物を確認する。間違いない。あの口数の多い賑やかな主君に仕える、口のきけない夜叉神将だ。

その黒い瞳が、じっと静かに、李三を見つめる。

――やめておけ。

そう語る声が、聞こえたような気がした。

――やめておけ伐折羅大将。一時の激情で大切な人を傷つけて、お前はそれで、本当にいいのか
……？

緊迫した沈黙が降りてくる。それが足元に雪のように降り積もった時、李三は智慧の体から手を放していた。

「畜生……！」

できない。どんなにひどく罵られても、理不尽に扱われても、俺はこの人を傷つけられない……！

李三は房を飛び出した。行きがけの駄賃とばかりに、そこの棚から、菓子籠をひったくって。

「畜生、ちくしょう……！」

殿舎を駆け出た李三は、王宮の内庭を走りながら、籠から菓子を掴み出し、それを次から次へ自分の口の中へ放り込んだ。甘いものなど好きではなかったが、無茶苦茶に咀嚼《そしゃく》して、味わう間もなく全部呑み込んだ。多少しょっぱい味がしたのは、涙が混じったからだろう。

智慧にとってこの菓子は、ほんのひとかけらでも、宝石に近い大切なものだったに違いない。それを李三は、一気に全部食べ散らかしてやった。せめてもの仕返しだ。ざまあみろ。後で泣いて悔しがれ。

そして俺を傷つけ、罵ったことを、全力で後悔するがいい。

走って走って、真夜中の池のほとりに立った李三は、すっかり空になった籠を、黒々と満ちる水の上へ投げ込んだ。

ぼちゃん、と軽い音。

李三はその場に座り込み、膝を抱える。

——終わりだ。今夜で終わりだ。もう終わりにする。

あの人を好きでいることも、あの人に好かれようと努力することも、きっぱりとやめよう。あの人に振られるんじゃない。こっちから御終いにしてやるんだ。でなければ、辛くてたまらない。愛してくれない人を愛し続けることも、愛する人を傷つけそうになってしまうことも。もう、嫌だ。

「嫌だ……もう、嫌だ……」

李三は墨を流したような暗闇の中で、身を丸め、洟をすすって泣き続けた。


「ひどい顔色をなさっておいでですなぁ」

齢すでに八十を超えようかという老人に、しげしげと顔を覗き込まれて、智慧の肩がぴくんと跳ねる。

「これは、白院君の御前で失礼を……この頃あまり、眠れておりませぬので」

ぺこんと——まあ本人はもっと威厳を持って丁重にしているつもりなのだろうが、傍目《はため》にはそうとしか表現しようのない仕草で——頭を下げた智慧に、隣国の国老は、ほほほ、と典雅な笑い声を立てる。孫かひ孫を愛でるようなその表情からは、おおよそ五十年の昔に、不遇な廃太子《はいたいし》を押し立て、時の王から国権を奪取したという、奸智《かんち》に長けた謀臣の面影は、まったく感じられない。花鳥風月を愉しみ、気ままな外遊を繰り返す隠居老人そのものだ。

李三などは名も知らぬ鳥が、頭上の梢で鳴き交わしている。東宮の庭にしつらえられた亭《あずまや》には、この日、茶の香りが満ち、夏の風が吹き抜けていた。

「ふむ」

白院君は智慧の顔を見て何やら考えを巡らす風情だ。

「兄上さま――いえ、もう王陛下とお呼びすべきですな。蓉国王陛下が殿下と距離を置かれている件ならば、あまり思い詰められぬほうがよろしゅうございまするぞ。あのお方も、殿下同様、まだお若い。慣れぬ重責を背負わされて、色々と心悩むことがおありなのでしょうから」

「はい――ありがとうございます。我も、あくまで兄上を信じてゆく所存にございます」

老人は、うんうんと頷く。李三は、どこか空々しいやりとりに、ふん、と鼻を鳴らしてそっぽを向いた。

智慧とは、もう十日ばかり口をきいていない。こうして面会人があれば護衛もかねてそばに付き従うが、智慧がどんなに無断で東宮を抜け出しても、また東宮内のどこで何をしていようとも、もうその後を追うことはなかった。

当然、ふたりの不仲を疑う噂がかまびすしくなり、梵徳などからも「どうしたのだ」と声をかけられたが、李三は「別段、何も」としか答えなかった。答えようがなかった。

――だって、本当に何もないのだ。智慧と自分との間には「何もない」のだと、改めて認識しただけで。「何かあった」ほうが、むしろ李三としては本望だったのに……。

(やっぱりあの時、抱いちまえばよかったかな……)

穏やかに老人と言葉を交わす智慧を眺め、ふう、とため息をつく。年寄りのくせにやたらに敏《さと》い白院君の目が、きらり、と光って李三を見る。李三は慌てて、咳払いで誤魔化す。

愛しさあまって何とやらで、あの夜以来、李三は、もはや何のためらいも後ろめたさもなく、夢寐《むび》の内で主君である智慧を抱いて姦《おか》すようになった。戌神房の暗闇で、初めてその痩身の巨細を生々しく感じ取ったからかもしれない。

今にも折れそうな、少女のような首筋を木漏れ日に輝かせている智慧は、想像もしていないに違いない。自分が臣下の夢の中で、もう幾度も、手ひどく姦されていることなど——。

（皮肉だ——この人への想いが純粋な愛情だけではなくなって、改めて、俺はこの人が欲しいんだと実感するなんて……）

闇の中でほの暗く光っていた智慧の瞳。棘のある言葉を吐き出す、紅い唇。

——おそらく、今度何かがあれば、自分は切れる。今度こそ、最後までこの人を姦し遂げてしまうだろう……。

自分はそれを怖れているのか、それとも望んでいるのか、と李三は思案に沈む。そこへ白院君が、

「あ、そうそう」と慌てて茶杯を置き、陶の卓上へ細長い箱を差し出した。

「今日はこれを、殿下に差し上げようとお持ちしたのでございますよ」

「何でございますか？」

「亡くなられた蒋玲紀《しょうれいき》さまのお手になる、山水画にござりまする」

智慧は「えっ……！」と大仰に身を反らせる。

「あの二太子《アルターツ》が、生涯こよなく愛されたという、書家の……！」

「はい、あのお方は、本分は書でしたが、画を描かれてもそれは名手でいらっしゃいました。生前、あたくしも事あるごとに下賜《かし》していただきまして、これはそのうちの一幅にござりまする」

ほほほ、と白院君は笑う。何かいわくありげな笑いだ。

広げられた一幅の画は、墨一色で描かれたにもかかわらず、水の青、草木の翡翠までもが見えるような、見事なものだった。智慧は「おおっ……」と感嘆の声を上げる。高雅な趣味など持たない李三

ですら、思わず引き込まれるような錯覚を覚えた。これが、かの蒋玲紀の筆――。

「玲紀さまのご一族は、もともと、こちらのご出身だとかで、よくこういう水気に満ちた画題を描いておられましたなぁ……」

しみじみと老人が述懐するのに、智慧は「ええ、そうです」と頷く。

「確か蒋家は、七代ほど前の王の御世《みよ》に、権力争いに敗れて謀反人の汚名を着せられ、一族もろとも諒へ亡命してゆかれたのです。その際、多くの名画名品が持ち出され、師も手本も失った蓉は、その後三代の王に亘《わた》って、前代よりもすぐれた文人を輩出できなかったとか――」

「左様でござりまするか。では諒国への亡命は、蒋一族のみならず、蓉国にとっても大きな損失だったのでございますね――」

老人は、ちゅっ、と茶杯を干す。

「御礼申し上げまする殿下。それをお聞きになられれば、蒋一族の無念に振り回された玲紀さまの魂魄も、いくらか安らがれましょう」

「あの――」

智慧はその時、身を乗り出すように、やや下世話な顔を覗かせた。「何か？」と老人が、雪白の眉を蠢かせる。

「仄聞したところでは、二太子と玲紀さまは、ほとんど同時にお亡くなりになったとか。その……やはりそれは、玲紀さまが二太子に殉死されて……？」

「さて」

かちゃん、と茶杯を置く音。

「それは国老としては、容易にお明かしできる話ではございませぬなぁ」

「そ……そう、ですよね。失礼をいたしました」

好奇心を剥き出した自分を恥じるように、智慧は俯く。老人はその様子に目を細めた。

「ただこれだけは申し上げられます。二太子は——獅心さまは、玲紀さまを愛しまれるあまり、とうとう冥府までも伴ってゆかれたのだと、あたくしは思っております。玲紀さまが二太子のお後を追ってご自害なされたのか、たまたま偶然、二太子と相前後して自然の死を迎えられたのかは、この際さほど重要なことではござりますまい？」

「はあ……」

「それに、どうせ今頃、おふたりは地の底で、さぞや濃い蜜月をお過ごしでしょうからなぁ……」

ほほ、ほほほ……と婦人のように笑う声が庭に響く。

——そうだったのか……。

李三は感慨深く眉を寄せた。父王や一族郎党を弑殺《しいさつ》しつくした残虐さと、たびたび近隣国へ侵攻した剽悍《ひょうかん》さをもって鳴る二太子こと高獅心の、愛妾・蒋玲紀への溺愛ぶりは、その激しさと業の深さでもって蓉国でもつとに有名だが、すでに両者が故人となって久しいこともあり、なかば伝説化していた。だがこうして当事者の口から語られると、改めてそれがまぎれもない事実だったのだと感じられるのだ。

——二太子……。

相見たこともない隣国の国主に、李三は胸の中で呼びかける。

——俺、あんたが妬ましい……。あんたが惚れた相手を手に入れられたのに比べて、俺は……。

その響きの末に、ドヤドヤ、と騒がしい音が重なった。

「何――！」

絹を裂くような、宮女たちの声。物の壊れる音。とっさの間に、李三は剣のつかに手をかけ、背後に智慧を庇う。

踏み込んできたのは、王宮を守る近衛兵たちだ。手に手に槍や剣を持ち、びっしりと隙間もなく庭にひしめき、智慧と李三を取り囲む。

「おや、まあ」

ひとり長閑な声を立てたのは、白院君。

「ほほほ、何やら懐かしい光景でございますなぁ。二太子を擁して謀反を起こした時のことを思い出しまする」

「何呑気なこと言ってんだ爺さん！」

スラッ、と剣を抜き放ちながら、李三は怒鳴った。

そして智慧を背に庇い、剣を構え直し、兵たちに向き直る。

「言っとくが俺は、ご主君以外のやつを守る気なんざ、さらさらないからな！　さっさと逃げ出すなり降参するなり、自分の身は自分で面倒見てくれ！」

言いながら、周囲を見回して血の気が引く。怖ろしい数だ。腕に覚えはあるが、果たして、李三ひとりの力で斬り伏せられるか。

その時、近衛兵の垣根をかき分けて、文官の身なりをした人物がひとり、進み出てきた。

「王太弟殿下に、王陛下のご命をお伝えいたす」

ザッ、と広げられたのは、国璽《こくじ》の捺《お》された詔勅《しょうちょく》——王の命令を伝える公文書——である。

「このたび、王陛下には、王太弟・智慧公子による前王弑逆容疑を取り調べられることと相成った。ついては、一切の吟味が済むまで、智慧公子の王族特権は停止とし、その身柄はしかるべき場所に蟄《ちっ》居《きょ》閉門とする」

「……っ！」

背後で智慧が息を呑む気配がする。李三は間抜けにも、剣を手にしたまま、「えっ？　えっ？」と戸惑うばかりだ。

「ちょ、ちょっと待て、ど、どういうことだ！　うちのご主君が前の王様を殺しただとぉ？　冗談は休み休み……」

「冗談などではない」

そのひと言で、兵の垣根が、ざっと左右に割れた。

そして、最敬礼の姿勢を取る兵たちと官吏の開けた道を、悠然たる足取りで歩いてきたのは——。

「あ……兄上……」

智慧が涸《か》れた声を絞り出す。

「おやおや、蓉国王陛下御自らおいでとは」

隣国の国老の長閑な声音に迎えられて、至上の身分を現わす冠の玉簾《ぎょくれん》を揺らしつつ、国王・智威が現れる。

その背後には、ひたりと油断ない位置に、宮毘羅。「剣を引け、伐折羅大将」と、睨みをきかせる。

王が再び、紅唇を開いた。

「これは冗談でも酔狂でもない。智慧、本日ただ今をもって、そちを前王殺しの容疑で捕縛し、改めて事件を吟味する」

「兄上――！」

「そして容疑が確定し次第、そちには余より死を賜《たま》うであろう。智慧、ようよう覚悟して過ごすがよい」

「兄上！」

悲鳴同然の声を上げて、智慧が李三の背後からまろび出る。そして止める間もなく、若い王の足下に取りすがるように跪いた。

「兄上、兄上どうかお聞きくださいませ！　我は、この智慧は、父上を弑《しい》し奉《たてまつ》ってなどおりませぬ！　無実でございます、潔白でございます！　どうか信じて下さいませ！」

「……っ」

王の口元が、一瞬歪む。目元が見えないこともあって、それは、嫌悪を堪える表情に見えた。

バシッ……と鋭い音。王の手が、智慧の頬を打ったのだ。

「黙れ智慧！　仮にも王太弟たる者が、見苦しい振る舞いをいたすでない！」

「……兄上……！」

「余を兄と呼ぶな汚らわしい。父上と義母上《ははうえ》を手にかけておきながら、なおも王弟を名乗って憚《はばか》らぬか」

「……っ、ち、ちが……我は真《まこと》に、真に……」

「もはや言い逃れはできぬぞ智慧。父上は即死されたが、義母上は発見された時、今しばらくは息があられたのだ。その今わの際のお言葉を、最後のお世話をした宮女が聞き届けた。義母上は『智慧です、智慧が毒を……』と言い残してこと切れられたそうだ」

「──そんな！」

反駁《はんばく》したのは、智慧ではなく李三だ。

「そんな言葉ひとつなんか、何の証拠にもならないだろう！　当の本人が、そう思い込んでいただけかもしれない。何か勘違いしていたのかもしれない！　他の可能性なんて、いくらでも考えられるじゃないか！」

王の視線が、李三に向けられた。だが、「黙れ！」という怒声は、その背後の宮毘羅から発せられた。

「いかな夜叉神将の一角といえど、王に対する暴言は許されぬぞ伐折羅大将！」

「だけどっ、こんなのはいくらなんでも──！」

李三は王と、その双子の弟である智慧を、なすすべもなく交互に見た。冷厳に顎を上げて立つ王・智威と、泣き崩れて這いつくばる王弟の智慧。

そして、兵士たちの垣根の向こうから、じっと凝視を向けてくる、白院君。

──何だこれは。こんな悪夢のような、趣味の悪い芝居のようなことが本当にあるのか。これは確かに、現実なのか……。

「──智慧よ」

氷のような声で、王が告げる。

「吟味が済むまで、しばしの時間がかかろう。その間、己が罪を悔い改め、父母の魂によく許しを乞うがよい」

「あに……うえ……」

もはや兄は、自分をひとかけらも信頼などしてくれぬのだと悟ったのだろう。智慧は絶望そのものの紙のような顔色で、虚空に視線を彷徨《さまよ》わせた。

「……お連れせよ」

痛ましげな顔をしつつも、官吏が顎を振る。兵士たちはたちまちのうちに小柄な体に殺到し、引っ立てた。

弟が連行される様子を見届けた王が、満足げに頷き、宮毘羅を伴って去って行く。

「ご主君！」

李三は、兵の人垣に阻まれつつ、智慧に向かって手を伸べる。みるみるうちに、その小柄な体が遠くへ連れ去られてゆく。

「お、おいちょっと待て！　うちのご主君をどこへ連れて行く気だ！　ご主君を放せ！　俺のご主君を！　ご主君、ご主君、智慧公子っ！」

飼い主から引き離される犬のように吼えながら、李三は腹を括った。こうなったら、死なば諸共だ。この兵どもをすべて斬り捨ててでも、智慧を助け出してやる。助け出して、この王宮から逃亡してやる。そう心を決め、剣のつかを握り直し、一歩を踏み出す。

だがその腕を、背後から別の手が摑んで制止する。振り向いた李三は、目を見開いた。

「爺さん……？」

「お静まりなされ、お若い夜叉神将どの」

袖の陰に、低く、押し殺した声。

「たとえここで貴公が奮戦して、無理矢理公子の身柄を奪還したとしても、かえって捕縛に抵抗したとして、智慧さまの罪を重くするばかりですぞ。悪いことは言いませぬ。今は堪えて、冷静に時宜《じぎ》を見計らいなされ」

「……！」

李三はなすすべもなく、連れ去られる智慧の背を見送る。

明るい、夏の熱気を帯びた日差しが、頭上に降り注ぐ午後のことだった。


──とぷん、とぷん、と、水がたゆたっている。

李三が棹《さお》を振るうと、小舟の舳先が、じゃぶり、と水をかき分ける。

すでに時刻は黄昏時。黒々と満ちる湖水へ乗り出すのは不気味だったが、李三は黙々と棹を振るった。

行く手には、湖の中州に建てられた、簡素な離宮がある。柳の木立に囲まれて、ぽつりと灯火がひとつ。周囲と水面で隔絶し、孤独で、それでいて可愛らしいその姿は、まるで今そこにいるはずの高貴な虜囚、そのものだ。

智慧がここへ幽閉されて、今日で五日。主君が連行された日のことを、李三は舟を進めながら、つらつらと回想する。本当に、あの日は、ひどいものだった──。

『どういうことだ？　何があったんだっ？』

王太弟捕縛の一報を受けて、騒然とする東宮へ息せき切って駆けつけてきた梵徳は、宮殿の石床に突っ立っている李三を見るや、つかつかと近づいて胸倉を摑み上げてくる。李三はゆさゆさと揺さぶられるまま、『そ、それが』と情けない声を出した。

『俺にも、何が何だか……昼過ぎから客人が来ていて、その面談の最中に、突然近衛兵が踏み込んできて、その……！』

『私が王宮に不在の隙をついて、急襲したわけか……それで、智慧はどこへ連れて行かれたっ？』

『わ、わかりません』

『では、智慧を連行した官吏は、どこの者だったたっ？』

『わかりません……』

『――っ、何をやっているんだ君は！　伐折羅大将は智慧公子の夜叉神将だろう！』

『っ、す、すいません！』

怒鳴られて、首をすくめる。そんな李三の様子を見て、梵徳は怒りを鎮めたようだった。今はこの男を責めても仕方がない、と悟ったのだろう。

『すまない、まさか智威が――陛下が、本当に智慧を捕縛するとは、私も思ってもいなくて……』

乱れた砂色の髪を、撫で上げる。常から白いその肌が、蒼白そのものになっている。我が子とも思うほどに愛しんでいる甥っ子兄弟の、決定的な決裂に、その心は張り裂けんばかりなのだろう。

近衛兵たちに踏み荒らされた東宮内部は、宮女たちの嘆きの声や嗚咽に満ちている。無理もない。不穏な噂は以前からあったものの、破綻がこうも急激に、突然に襲って来ようとは、誰ひとりとして予想だにしていなかったのだから。

床に倒された家具や、引きちぎられて散乱する錦の幕を避けて、珊底羅大将が近づいてくる。そして一礼すると、自分の主君の掌を求め、そこへ指先で何やらすらすらと文字を描いた。梵徳もまた、無言で頷く。

『伐折羅大将、智慧はどうやら、水宮《すいぐう》へ籠められたようだ』

『水宮……？』

『王都の真南にある離宮だ。湖の真ん中の中州に、ぽつんと小さな殿舎が建っているのを見たことはないか？』

李三は慌ただしく記憶を探った。そして思い出したのは、幽邃《ゆうすい》、というよりは、どこかこの世ならぬ不気味さをたたえた、湖上に浮かぶ建物の姿だ。

『え、ああ……！　王都守備隊時代には毎日のように周囲を見回りました。でもあれって離宮だったんですか？　一度だけ灯がついているのを見たことがありますが、普段はあんまり使われている様子がなかったから……』

『もともとは、王が蓮の花を愛でるための夏の離宮として建てられたものだが、先々代王の御世以降、王家の罪人や狂人を籠めるための監獄として使われるようになったからな。君が見たのは多分、正気を失ったわたしの母が籠められていた時だろう』

『……』

一瞬、唖然としかけた李三の顔の前で、梵徳は慌てて手を振った。

『いや、今そんなことはどうでもいい。とにかく、水宮に籠められるということは、王族の者にとってはそういうことなのだ。事態は、かなり深刻になったと認識してくれ』

『じゃ、じゃあご主君は……』

『伐折羅大将』

不意に想わざる方向から声をかけられて、李三は驚き、振り向く。王の神将である宮毘羅の無表情な顔が、そこにあった。

『王よりの命を伝える。伐折羅大将は、夜叉神将としての職務は一時停止とし、明日よりは王宮ではなく、水宮詰めとする』

『は……？』

『蟄居の身なれば、智慧公子の身辺からはすべての臣が引き離されるが習い。しかし公子に気鬱に陥られてうかつに自害などされては、真相の究明にも差し障りが出る。かといって殿下に過剰に同情し、外部の共犯者との密通を手引きなどされても困る。その点、其処許《そこもと》ならば王宮に来て日が浅く、昨年の前王崩御に関わりなきも明白ゆえ、まさしく適任。ゆえに王陛下のご意向により、水宮に居られる間の智慧公子の身の回りは、其処許に一任と相成った。しかと命じたぞ、伐折羅大将』

例によって堅苦しい長広舌《ちょうこうぜつ》を披露すると、茫然とする李三、梵徳、珊底羅を残して、宮毘羅は背を向けて去って行った。

――そうして、今、李三は小舟に生活物資を乗せ、日に一度か二度、水宮と岸辺とを往復している……というわけだ。

水宮に付属したささやかな桟橋に小舟をつけ、舳先を舫《もや》う。棹をしまい、荷を担いで桟橋を歩くと、

「まったく、どこの担ぎ屋だ俺」と苦笑が漏れた。もっとも、李三という男の出自からすれば、夜叉神将などという厳めしい役柄よりも、土臭い行商人のほうが、はるかに板について見えるに違いない。

「ただ今戻りました、ご主君」

「……」

「ご主君？」

声をかけても返事がないのは、ここへ来てからずっとのことだ。離宮とは言っても、この水宮には主のための寝所兼居間、従者の控えの間、厨房に湯殿に便所くらいしか部屋数がない。李三の声や物音が、聞こえぬはずはないのに。

案の定、寝所に主君の姿を見つけ、李三は聞こえよがしにため息をつき、行儀悪く脚を交差させた姿勢で、扉にもたれる。

「——いつまでそうやって、俺を無視しているつもりです？」

「……」

「そうやって、日がな一日岸を眺めて、何を待っているんですか？」

「……」

牀に腰かけた智慧は、開け放った窓から、とぷりと黒い湖面を見つめている。いい加減、虫も湧く時期だというのに。

「王宮も王都も、あんたがここに閉じ込められたと噂が広まって、物情騒然でしたよ。いよいよこれは、前王暗殺事件を口実にした権力争いだ。王はご自分の弟に、父殺しの濡れ衣を着せて抹殺するおつもりだろう——ってね」

「——黙れ」

「黙りませんよ。あんたはまだ王が誤解を解いて、無罪放免の使者を送ってくれると期待しているんでしょうが、そりゃ無駄ってもんだ。あんたもあの時、王の顔を見たし、本当はわかっているんでしょう？　王は最初から誤解なんかしていない。前王の死が、情交中の頓死なんかじゃないかって疑惑を利用して、これ幸いと邪魔っけなあんたを取り除こうって腹で……」

「黙れと言っているッ！」

智慧はついに立ち上がった。花の顔《かんばせ》が、怒りのために紅潮している。

「兄上を悪く言うな！」

噛みついてくる寸前の、狼のような目が、爛々と光る。

「貴様に何がわかるものか。王宮に上がって、まだ三月《みつき》しか経たぬそなたに、我と兄上の何がわかるものか！　兄上はいつも我にはやさしかった。父上に冷たくされた時も、父上の寵妃たちにいじめられた時も、我の体が年を取るのをやめてしまった時も、我を庇って慰めて下さったのだ！　その兄上が、我を父殺しと疑ったり、ましてや邪魔者ゆえに殺そうなどと思うわけがない！　王宮や王都の者たちも同じだ。よく事情を知りもせぬくせに、兄上が我を抹殺しようとしているなどと邪推いたすな！」

智慧の剣幕に、李三は落胆し肩を落とす。ようやっと、俺の目を見て物を言ってくれたと思えば、この怒声の嵐か……。

「あのねぇ、子供の頃仲のよかった兄弟が、大人になって不仲になる例なんて、古今東西、枚挙にいとまありませんよ。まして王様の位なんてのはね、周りを私利私欲の有象無象どもに取り巻かれて、誰を信じていいのかもわからなくなる、魔境の真ん真ん中なんだ。おかしくならないほうが、おかしい。あんたが慕って頼りにしていたやさしい兄上は、もういない。消えてなくなっちまったんですよ」

「あきらめるんですな。あんたの兄上は、王は、もうあんたの敵なんだ。あんたに濡れ衣を着せて殺そうとしている大悪人なんですよ」

「嘘だァッ……！」

「嘘だ……」

智慧はついに理性をかなぐり捨て、狂ったように泣き叫んだ。

「違う、兄上は、兄上はそんな人じゃない！　兄上を悪く言うな！」

幽閉生活で、さすがに精神的にも不安定だったのだろう。髪を振り乱し、泣きじゃくりながら摑みかかってきた智慧の手首を、李三は逆に摑み、引き寄せる。

「嘘じゃない！　ちゃんと現実を見ろ！　あんたの兄貴は正真正銘の『悪い人』なんだ。今のあんたは、信じていた兄貴に殺されかかっている哀れで無力な虜囚なんだ！」

声が掠れる。鼻の奥がツキンと痛み、目から涙が滲んだ。

どうして、なぜだ。李三は苦しんだ。どうしてこの期に及んでなお、智慧は兄を盲信しようとするのだ。どうして、今こうして目の前にいる李三こそが真の味方なのだと、認めてくれないのだ。

そして、どうして自分は、そんな智慧を見て、こんなに苛立つのだ――。

「いいかげん、現実を認めて受け入れろよ！　誰が本当の敵で、誰が味方なのか、その目でちゃんと見ろよ！　あんたには俺がいるだろう！　もう俺しか、いないだろう！　だって、俺は、あんたの――！」

ともすれば勢いで折ってしまいそうなほどに智慧の手首を揺さぶりつつ、李三は悟った。ひどく甘い、それでいて絶望的なほどにつらい現実を。

——そうだ。俺は結局、この身勝手な公子に惚れきっているのだ。結局、そうなのだ。惚れて惚れて、自分でもどうしようもないくらい惚れてしまって、もう今さらこの人を欲しがることをやめるなど、どうしたってできないのだ……。

「嫌だ……！」

智慧はだが、必死で自分を受け入れさせようとする李三に、首を打ち振る。

「嫌だ、我は認めぬ。兄上を誹謗《ひぼう》する貴様など、決して認めぬ……！　消えろ、消え去れ、ここから出て行け！　貴様など、我にはいらぬ！」

「智慧！」

その瞬間、李三の中で、何かが切れた。

貴様などいらぬ。それは決定的な拒絶の言葉だった。李三が、もっとも怖れていた言葉だった。最後の最後まで残っていた望みの糸をも断ち切る、非情の一閃だった。

——そんなに俺が嫌いか……！

刹那、李三は主君の襟元に手をかける。はっ、と息を呑むのを無視して、ぐい、と左右にかき広げると、夜目にも眩しい白い胸元が、艶《なま》めかしくあらわになった。

「っ——！」

顔色を変えた智慧に、李三は残忍な悦びを感じた。

「——思い知ってもらいますよ」

フン、と鼻先で嘲笑する。

「聞き分けのない坊ちゃんに、自分の立場ってものをね」

そして少女のように細い腰を抱きすくめ、その錦帯に手を伸ばす。

シュシュッ……！　と鋭く、絹鳴りの音。「何、を――！」と息を呑む声。

水宮を取り巻くさざ波が、何も知らぬげに、広い水面の上をたゆたっていた。


とおい、とおい、記憶の彼方のことだ。

薄暗闇がわだかまる中で、名は、とぶっきらぼうに尋ねられて、男児――たぶん、八歳かそこら――は、幼さの抜けぬ声で、

『りさん』

と答えた。

男は頷き、筆をすらすらと動かして、「李三」の文字を記した。

――この人、字が書けるんだ……。

幼い李三は驚きに目を瞠った。もっとも、その顔は、慢性的な飢えのために、無表情でいてすら目を剝いたような表情だったけれども。

――おじさん、すごいねぇ。

李三ははしゃぐような声を出す。

――おれの村で字が書ける人なんか、村長《むらおさ》さまぐらいだぞ。それだってそぜいを取りにくるお役人さまのはんぶんもわからないって、いつも……。

『小孩子《シャオハイル》、口を閉じろ』

男は凄みを効かせた声で告げる。

李三はその場でびくりと竦む。子供の本能が、この男に逆らってはいけない、ということを李三に知らせてきたからだ。この男には子供を大事にしようとか、可愛がろうとかいう心がない。李三を何か、モノか家畜のように見ている。そのことが、なぜか李三にはわかった。今日、初めて会った男なのに。

何か、ひどく嫌な感じだった。李三は母の手でこの男に預けられ、生まれて初めて故郷の村を出、大きな町にやってきたのだが、どうやらそれは、物見遊山をさせてやろうということではなかったらしい。だが、なぜだかひどく気が立っていた母に、「行きたくない」とだだをこねたところで、平手打ちを食らうのが関の山だったろう。つまりどの道李三は、この男に命運を委ねるしかないのだ――。

『来い、小孩子』

男が手を伸ばす。そのごつごつとした手は、李三の手をそっと引くのではなく、がしりと腕を摑み、半ば吊り上げるように引きずろうとする。

『お前の体を、南院《なんいん》で使えるように慣らしてやる』

そう言って、男は無骨な手で、李三の粗末な衣服をむしり取った……。

――はっ、
李三は息を吞んだ。手首を縦に一条、真紅の血が流れている。性急に、智慧の内で手ひどくくじった指の動きが、内部のどこかに傷をつけたのだ。

——俺は、何……を……？

ざぶり、ざぶり、と、打ち寄せる水が岸辺を洗う。

灯火の下、今まさに操を奪われんとする公子の嗚咽を、かき消さんとするかのように。

「い、いや……」

ひっく、ひっくとしゃくり上げながら、智慧は男の体の下で首を打ち振っている。手首を縛られ、その白玉のような腰に息づく蕾に、男の指を二本深々と呑まされ、蹂躙《じゅうりん》されながら。

「いやだ……やめろ、やめてくれ、李三……っ」

先ほどまで罵声を吐いていた唇が、哀願を漏らしている。

「いたい……いたいっ。抜いて。頼む、抜いてくれっ……いっ……！」

李三は茫然と、自分の掌から智慧の下肢へと視線を移した。雪のように白い両腿に、紅い筋が垂れている。

「いやだ……いやだ……！　やめて、もういじめないで……！　あやまる、あやまる、からっ……！」

紅い、紅い滴。自分のものも他人のものも、血など見慣れている李三が、思わず息を忘れる。美しい智慧の血は、やはり美しかった。まるでひと粒ひと粒が南国に産する宝石のように、深く紅い。

「あ……」

額の裏側あたりで、膨らみきっていた熱い何かが、ぱちんと弾けて急激に萎《しぼ》む。頭から冷水をかけられたように、李三はぶるぶると震え、智慧の内から指を引き抜いた。

蕩けて流れる、紅い、紅黒い、血……。

（何をやっているんだ、俺は……！）

ずっと恋焦がれて、やっと近くにいることができるようになった相手に、俺は何をしているんだ……？　こんな風に泣かせて、傷つけて、どうしようというんだ……？

（——俺……許されないことをした……）

絶望し、うなだれ、目を閉じる。

そして、智慧の手首を縛った帯を、丁寧に解いた。

「すみ……すみません」

「……っ」

「どうかしていました……俺、あんたを傷つけるなんて……」

智慧の、紅い痕の残った手首と、血と粘液で汚れた内腿に、深い深い後悔と、自己嫌悪が湧き上がってくる。

こうして智慧のそばにいるのは、こんなことをするためではなかったはずだ。この人に望んだのは、主従として愛し愛されることであって、こんな風に、傷つけ踏みにじって、自分の所有物にすることではなかったはずだ。——古い昔の傷を、この人の体にぶつけ、なすりつけることではなかったはずだ。

「湯を持ってきます……体、綺麗にしないと」

それに、傷に効く軟膏も。そう呟きながら、しゅん、と洟をすすり、寝所を出る。湯殿で湯桶と手巾を用意して戻ってくると、智慧は気丈にも衣服の前をかき合わせ、体を起こして、牀に座っていた。

だがその目が、李三の姿を見て一瞬、怯えの色を浮かべる。李三はその視線に、自分の胸を見て、己れが上半身裸であることに気づいた。

「す、すいませんっ……」

智慧を怯えさせないように、慌てて落ちていた衣服をまとう。男が服を着、その生々しい胸が見えなくなったことで、智慧は少し安堵したようだ。小さく息をつく。

その白い脚を、李三は跪いて拭き清める。膝から下、踵の丸みから指の股まで、謝罪の意味を込めて丁寧に拭き清め、手巾を湯桶に漬ける。拭われた血が、湯桶の中で手巾から花のように散り、溶けて消えた。

だが軟膏の容器の蓋を取った李三を目にした時、智慧はふたたび蒼白になり、抗う様子を見せた。

「——ッ、い、嫌だ……！」

牀の上で身じろぎ、だがその拍子に走った痛みに顔をしかめる。そんな主君を、「大丈夫だから」と李三は説得した。

「大丈夫だから。もう何もしませんから。薬、塗らせて下さい。その部分の傷は、小さくても痛みますし、血が出やすいんです。大丈夫。薬さえつければ、すぐに治りますから」

「……」

智慧は傷ついた小動物のように怯え、震えつつも、そろりそろりと牀に横たわった。李三は主君の衣服をめくりあげ、果実のような尻を剝き出す。びくり、と智慧が震える。

どろりと濃い軟膏を、丁寧に塗り込める。強姦に及んだ時よりも深く指が入ったが、今はただ、唇を噛み、羞恥と恐怖に耐える智慧の様子に、ただただ胸が痛んだ。

ち、と音がして、指が抜ける。終わるのを待ちかねていたように、智慧は起き上がり、捲れ上がった衣服を自ら直した。

「ご主君」

李三は牀の傍らに跪いた姿勢から、そんな智慧を見上げた。

「今さら、こんなことを言っても信じてくれないでしょうけど……俺、あんたが好きです」

「……」

智慧は柳眉《りゅうび》を寄せた。嫌悪の表情ではない。男の顔を凝視しようとして、目を眇めたのだ。

「ずっと、恋してた」

無風の日の湖面のように凪《な》いだ気持ちで、李三は告げる。

「……俺、十年前に王都の書舗で、十三歳だったあんたと、会いました。あんたは伐折羅大将を連れて微行中で、俺はまだ王都に来たばっかりの十八のガキだった。満足に読み書きもできない俺に、あんたはいい教本を選んでくれて——」

ざぶ……、と波が静かに岸辺を洗う。

「きっと憶えてないでしょう。でもあの日から俺は、あんたのことばっかり想い続けて、何とかしてあんたのそばに行きたくて、死ぬほどがんばって、夜叉神将になりました」

智慧の表情が変わる。息を呑んだような音がし、その目がひたりと李三を見つめた。

——まるで、今初めて、こんな男がそばにいることに気づいた、とでもいう風に。

「さっきのは——さっき、王を罵ったのは、想う相手に想われない、馬鹿な男のやきもちです。そうですよね、あんたは何もしていないんだから、きっと王だって、あんたを罰することなんかできるわけがない。だから俺がこうして、あんたとふたりきりでいられるのなんて、きっとほんの束の間だ

――」

「……」

「ここから出たら、好きなように、俺を罰して下さい。どんな罰でも、甘んじて受けます」

「――っ」

「でもここにいる間は、俺にお世話をさせて下さい。今は何の権利もない、何も拒むことができないあんたを、どこの誰とも知れない他人の手に委ねるのは心配なんです。後生ですご主君。もう二度と、あんなことはしません。誓います……」

ざぶん、ざぶんと波が打ち寄せる。李三は立ち上がり、智慧が抵抗しないのを幸い、想いをこめて抱きしめた。

「すき、です――心から」

囁くと、腕の中で、か細い体が、びくん、と揺れる。緊張して、息を詰めている。

その体を、李三はそっと褥の上に横たえ、衾をかけた。

「おやすみなさい――」

牀から離れ、窓を閉め、ふっ、と灯火を吹き消して寝所を出る。

扉を閉ざす瞬間、闇の中で、真珠のように密やかな光を放つ智慧の瞳が、しらじらとこちらを見つめていることに、李三は気づいた。


朝もやのいまだ晴れぬ中を、じゃぶり、と水音を立てて、舟を進める。伸び始めた蓮の葉の芽を潰

さぬよう、慎重にも慎重を重ねて。

船の中には、人の頭ほどの包みと、籠に盛り上げた旬の水蜜桃。甘党の智慧はきっと好きだろう、と思い、人に頼んで、前日のうちに用意しておいたものだ。

──智慧が水宮に蟄居を命じられて、半月ほどが経つ。

時折、人を介して接触を図ってくる梵徳公子からの情報によると、前王暗殺事件の捜査は、やはり行き詰まっているとのことだった。群臣団は幾度も「前王陛下の死が智慧公子の手によるものとは考えられぬ。そもそも故意による毒殺である証拠はない」と上奏しているそうだが、当の蓉王・智威が、捜査終了を頑として承知しないのだそうだ。

つまり王の意図するところは、「是が非でも智慧が犯人であるという証拠を出せ。なければ捏造せよ」ということだ。もはや前王とその寵妃の死が、当人たちの過失による死か、それとも毒殺だったのかは、どうでもよいのだ。王はただただ、智慧を殺す理由が欲しいのだ。

今のところ、梵徳が色々と立ち回って「確たる証拠のない処刑は、王といえど許されることではない」と王族の間に論陣を張り、賜死《しし》の下命を阻止しているが、王はいかにも腹に据えかねる表情だという。もし重臣たちの間から、ひとりでも王の意思におもねる者が出て、証拠をでっち上げてしまったら、その時点で智慧の命運は尽きる。

『ともかく、宮廷内のことは私に任せて、君はひたすら智慧を頼む。自暴自棄にさせたり、気鬱に陥らせたりしないように、気を配ってやってくれ』

夜陰の中で密会した梵徳は、翡翠の瞳に必死の色を浮かべて、李三に告げた。

棹を差す。舳先がじゃぶりと水と朝もやをかき分けていく。

（――まあ、最悪の結果になっても、その時はその時だよな）

梵徳と違い、根っから宮廷の人間というわけではない李三は、実は状況をかなり楽観視している。いざとなれば智慧を連れてどこへなりと逃げればいい、と。智慧に是が非でも次代王の地位に就きたいという気があれば別だが、そうでないなら蓉国に固執せずとも、かつて蒋一族がそうしたように、どこか別の国に保護を求め、新天地で、亡命者として生きてゆけばよいのだ。たとえ捕り手に追われようとも、李三には腕一本で囲みを破る自信もあった。

水宮の桟橋がもやの中に現れる。李三は慎重に棹を操り、こつん、とわずかな振動だけで見事に舟を接岸させた。

「ただ今戻りました。ご主君」

「……ああ」

蚊の鳴くような声が応える。相変わらず、ろくにしゃべってはもらえないが、応えてくれるようになっただけでも大きな進歩だ。

「お土産です。冷やしておきますから、あとで剥いて食べましょう」

桃の籠を持ち上げて示すと、少しだけ表情が柔らかくなる。本当に甘いものが好きなんだな、と李三は可笑しかった。

「あと、これ」

人の頭ほどの包みを示し、布袋を取り除ける。

とたん、智慧の表情に、驚きが満ちる。

「……腕のいい職人を探し出して、修理してもらいました」

少し照れながら、李三は告げた。それは、あの戌神房で、李三がうっかり破損してしまった、前の伐折羅大将の遺愛品である兜だ。折れて取れてしまった戌の小像が、多少接いだ痕を残しつつも、見事に修復されている。

半信半疑で、そろり、と差し出された智慧の両手に、李三は兜を抱き取らせた。

「職人には、俺の兜だって嘘つきました。罪人の遺品に手を触れるのを嫌がる奴もいますからね。うっかり壊しちまったんだけど、バレたら叱られるからこっそり直してほしいって言っておいたんで、変に噂が広まる心配はないと思います」

「……そうか」

感慨深げな呟き。李三は智慧の表情を窺った。ずっと言いたかったことを告げるのは、今かもしれない。「あの」と、おずおず口を開く。

「あの——言い訳ばっかりする奴だと思われるかもしれないけど、あの時は本当に、わざと壊したんじゃなくて……」

「ああ、わかっている」

思いがけず明瞭な答えが返ってきて、李三は驚く。

「——あの時は」

智慧は、長く閉ざしていた唇を、ゆっくりと開いた。

「口汚く罵ったりして、すまなかった」

「——！」

「許せよ。あの時の我は、死んだ伐折羅と、そなた、双方への呵責《かしゃく》に、板挟みになっていたのだ」

「かしゃく？」

「つまり――」

智慧は困ったように、一度言葉を切って考える。

「我とて、そなたが心底から善良な男で、我に一生懸命誠実に仕えようとしてくれていることは、わかっていた。だが死んだ伐折羅の名誉も回復されぬうちに、そなたを新しい伐折羅として受け入れてしまっては、いかにも亡き人をないがしろにしているような気がしてな――」

智慧は悲しい目で、非業の死を遂げた死者の遺品を見つめる。

「我の心とて石ではない。毎日毎日、その澄んだまっすぐな目で見つめられ、一途に慕われておれば、どんなに拒絶しようと、否応なくそなたの存在は我の中で大きくなってゆく。だが、あんな死に方をして、罪人として葬られてしまった伐折羅を、主君たる我までが忘れ去ってしまっては、あまりに哀れだ。だから我は、意地になって、そなたを拒絶して……」

「……ご主君……」

「すまぬ、許してくれ――！　あの夜は、そなたが我と、亡き伐折羅への仕返しで、これを壊したものと思い込んでしまったのだ。そなたの好意をないがしろにして、何の罪もないそなたを傷つけているという気の咎めが、誤解に繋がったのだ。そなたが、そんなことをするはずがないのに……。すべて我の愚かさが招いたことだ。許してくれ――！」

兜を抱いたまま嗚咽する智慧を前に、李三は茫然とした。この人は、心の中でこんなことを考えていたのか。てっきり、死んだ伐折羅だけが、この人の心を占めていると思っていたのに――。

「ご主君……ご主君、ああ、泣かないで。泣かないで下さい」

おろおろ、と李三は智慧の顔を覗きこみ、その涙を自分の袖で拭う。

「すみませんでした。あんたはあんたで、俺と伐折羅の爺さんの間で苦しんでいたんですね。それなのに俺は、自分ばっかり一方的に嫌われてると思い込んで、拗ねて――」

李三は悔やんだ。自分のほうこそ、この癇癪持ちではあるが心優しい主君の心の葛藤を、少しも思いやっていなかった。ただひたすら、闇雲に、自分の好意を押しつけるばかりだった。それがどんなに、死んだ伐折羅を忘れまいとする智慧を苦しめているか、気づきもせずに。

「ねえ、でもご主君、俺思うんですけど」

李三は小さな子供に話しかけるかのように、視線を低くし、顔を覗き込む。

「俺か爺さんか、無理にどっちかを選ぶ必要なんてないいんじゃないですか？」

「――？」

智慧が赤く腫れてしまった目を上げた。

「つまり、その……俺は俺、爺さんは爺さんで、それぞれにやさしくしてくれたらいいって言うか、その……あんたは『伐折羅大将』って名前で俺と爺さんをひと括りに考えてますけど、本来爺さんと俺は全然別の人間なわけで、それをたかだか名前が同じってだけで比べたり、ふたつにひとつだと思い詰めて考える必要もないわけで、名前なんてただの記号なんだから、っていうか……ああ、何言ってんだろ俺」

「……」

「と、とにかくですね。前にも言いましたけど、俺は、ご主君のそばにいられるなら、名前なんて何でもいいんです。名誉や身分を大切にする王族の人には、わからないかもしれませんけど」

「――そなた……」

智慧は兜を抱いたまま、立ち尽くした。視線が空を泳いでいる。ああ、また悩ませてしまったかな、と李三は思い、「桃、食べましょう」と不意に踵を返した。

「桃は皮を剝きながら直にかぶりつくのが一番旨いんです。王宮では、そんな行儀の悪いことできないでしょう？　この際、剝きたてを一個丸かぶりしてみませんか？」

智慧は少々困惑しつつ、こくんと頷いた。そして「蜜煮も食べたい」と、いかにも王族らしく、わがままを口にする。

「蜜煮？」

「蜂蜜に八角を効かせたものを煮詰めて、そこに一夜漬けにするのだ。作ってくれるか？」

李三は大口を開けて笑った。「いいですよ」と答えると、智慧も嬉しげに頰をほころばせる。

――あ、笑った……。

李三は嬉しくなる。そして互いの顔を見て、さらに笑う。

ふふふ、ははは、と次第に笑い声が大きくなっていく。

出会って初めて、ふたりの笑い声が重なり、響き合う。それは、ふたりの間にあった深い溝が、少しずつ埋められていく、その喜びの音色だった。

水宮での日々が過ぎゆく。

そのことを象徴するかのように、日に日に離宮の周辺で開花する蓮の花の数が増えてゆく。夢見るような薄紅の花々と、蓮《はちす》の台《うてな》に囲まれて、今や岸辺から眺める水宮は、極楽浄土の景観だ。

だが、しかし、その内側では——。

「鬼修史の『秋琴伝』第五巻？」

口の中で菓子を咀嚼しながら、智慧が目を上げる。

「ああ、あれは一度開版されたものの、作者本人が『出来が気に入らない』と言い出して、各書舗から回収した上で、初版だけで絶版されたそうだ。だから巷にはほとんど出回っていないだろう。我は本当に幸運でたまたま手にすることができたのだ」

「え～、ずるいなぁご主君。王族特権を乱用したんじゃないんですかぁ？」

答える声は李三のものだ。こちらも行儀悪く、菓子を齧《かじ》りながらしゃべっている。

「するか、そんなこと……」

智慧は怒った声で、眉をひそめる。

「いつも微行で立ち寄る書舗の店主が、純粋に我に対する好意で取っておいてくれただけだ」

ぽきん、と菓子を齧り取る音。

「あんたの微行なんて、とっくに正体バレバレでしょうが。それにしても鬼修史、アレの続編書く気、本当にあるんでしょうね？　四巻の結末であんな大上段に振り上げちまったから、刀の降ろし場所に困ってるんじゃないかって、もっぱらの噂でしたけど」

頰の中で菓子を転がしながら、智慧が首をかしげる。

「体調を見ながら手を入れているという話だが、さあ、再版されるのはいつになるだろうな」

「うへ……それってつまり、書き上げるより先に作者がくたばっちまう可能性もあるってことですよねぇ」

　李三がため息をつく。

「死ぬんなら、一応完結させてからにしてくれないかなぁ……」

「こら、不謹慎なことを」

「ご主君こそ、本当はそうなるのを心配してるんじゃないんですか？」

「——まあ否定はしない」

　連作物を何本も未完にしたまま作家が死んでしまった例は、結構あるからな……と、ぼそりと呟く智慧に、李三は「ふはは」と空気を含んだ笑い方をする。その口から、麻花《マーファ》（かりんとう）の破片が飛び散った。智慧は顔をしかめたが、別段、咎めたりはしない。智慧自身の胸元や膝も、すでに菓子屑だらけだ。

　ふたりは今、主寝所の牀に腰かけ、向かい合って、一冊の書を覗き込んでいる。美しい女武芸者が活躍する話を書かせたら、右に出る者はいないと言われる案山子《あんざんし》の最新作『風花非情《ふうかひじょう》』を前に、あれやこれやの作者やその旧作群と引き比べて、水汪子《すいおうし》は名手だが、どうも近頃は粗製濫造に流れているだの、その点、清雅良《せいがりょう》は寡作だが、今もって新人時代の熱さを維持していて好もしいだの、生真面目な文人墨客や学者が聞けば目くじらを立てそうな馬鹿話を、延々と繰り広げているのだ。そしてふたりして同じ鉢から菓子をつまみ、争うように食べ続けている。気がつけば、空腹も感じないまま昼餉《ひるげ》を抜いていた。これまた、東宮にいれば呂女史あたりが怒り狂うだろうことだ。何という逸楽。何という自由。奇妙な話だが、「悲運の公子」智慧の幽閉生活は、王都の民たちに広がる同情に反して、ひどく幸福なものになりつつあった。智慧だけではなく、李三にとっても。

――きっかけは、李三がいつもの生活物資の搬入ついでに、自分の所持品だった書を一冊、何気なく差し入れたことだ。その表題を見た智慧の表情が、みるみるうちに変わったことに、むしろ李三のほうが驚いた。

『こ、これは大月《だいげつ》の『婦女島奇伝』ではないか……！』

『え、ご存じなんですか？』

『知らいでか！　新人時代に三作のみ、別名で発刊したという幻の作品だろう……！』

――えらいまた通なことを知ってるな。この人……。

呆れ半分、感心半分、李三は主君の幼な顔を見やった。この人の小説好きも、相当に病膏肓《やまいこうこう》らしい。

『それ、作者本人に直接もらったんですよ』

『何？』

『ほら、見開きに署名と献辞が直筆で』

『おお、本当だ。落款《らっかん》まで』

智慧は目を瞠った。即座に真贋《しんがん》を見抜く目は、さすがに美術工芸品を見慣れた王族と言うべきか。

李三は自慢げに、胸を張る。

『王都守備隊時代に、色街でゴロツキに袋叩きにされているおっさんを助けましてね。へべれけに酔ってましたが、どうも店のツケがかさんでいたらしい。とりあえずその日の飲み代だけ俺が立て替えてやったら、後日、借りてきた猫みたいな態度で礼に来てくれて、原稿料が入る来月まで持ち合わせがないから、その間の利子がわりにこれを、って置いて行ったんです』

『小役人が余得を貪るのは感心せぬな』

いかにも妬ましげに智慧が呟く。李三は笑って手を振った。

『いや銭をもらったわけじゃないですから。それに結局、立て替えた分は返してもらえなかったんで、実質買ったようなもんですよ。で、どうします。読んでみますか？』

『当たり前だろう。これを読まずにおれようか。それとも何だ、秘蔵の品を、本当は読ませたくないのか？』

『いや、新人時代の作品ですからね。正直、近作に比べればちょっと拙《つたな》いと言うか。俺は一読してがっかりしたんで。はっきり言って、幻の絶版本って希少価値だけのシロモノですね』

『なるほど、よほど熱心な好事家か、珍本稀覯《きこう》本収集家向けの品というわけだな』

ぺらぺら、と智慧は頁を繰った。そしてふと鼻を鳴らし、

『まあ、話のタネに、一読くらいの価値はあるだろう』

と偉そうに評する。一端の評論家気取りなその表情に、李三は噴き出した。

『小説、好きなんですね』

ずっと問いたかったことを、李三は問う。

『ああ、好きだ』

智慧は物悲しそうな目をして、呟く。

『だが王宮では、大きな声で言えることではなくてな。父上も宮女たちも学問の師たちも、我が冊子に触れることすら嫌がったものだ。王家の御子たるお方のお頭《つむ》を、そのような怪力乱神の話に穢させてはなりませぬ、と言って』

故事に言う「怪力乱神を語らず」とは、つまり、現実の政治や統治に携わる身分の人間は、神だの

魔物だの超能力だのの迷信を軽々に信じてはならない、ということだ。確かに、国家の中枢に関わる人間が、怪しげな淫祀邪教《いんしじゃきょう》にかぶれて政《まつりごと》を誤った例は、五国の歴代にも枚挙にいとまないが、それにしてもだ。

『頭の固い話ですねぇ。たかだか娯楽本一冊のことで』

『うむ、我とて、現実と虚構の分別くらいはつくのだがな。しかしそう理解してくれたのは、死んだ伐折羅だけだった』

これぱっかりは、生真面目で優等生な兄上も、諸事口うるさい梵徳叔父上も駄目だった、と智慧はため息をつく。李三もつられて、ため息を漏らす。高貴な身である主君の、どうしようもない孤独を思い知らされるのは、こういう時だ。あるいは夜叉神将というのは、案外、王族たちが寂しいから作られた制度なのではないか、などと考える。

李三は身を屈め、主君の顔を覗き込んだ。

『さすがに王宮の戌神房は封鎖されてますからね。俺のでよければ、何冊か持ってきますよ』

『何を言うか』

智慧は柳眉を吊り上げた。

『何冊程度で足りるものか。あるだけ持って来ぬか！』

いつもながらのわがままに苦笑しつつ、李三はその命に従った。その結果が、この怠惰極まりない読書三昧生活というわけだ。

そうして数日が経過した今、もはや主従のけじめも身分秩序もあったものではない。ふたりは身を寄せ合い、あるいは額を突き合わせて李三が持ち込んだ書を読み、牀上を菓子屑だらけにしたまま、着替えもせずに雑魚寝をし、朝を迎えることもあった。謹厳な宮毘羅大将あたりがこのさまを見れば、おそらく卒倒するに違いない。だがふたりは幸せだった。この世は幸せになった者が勝ちなのだ。しかめっ面の不幸者たちのことなど、鼻で嗤ってやればいい。

「おい李三、菓子がなくなったぞ」

智慧は鉢を振って、空になった底を見せる。李三は「はいはい」と返事をし、手を伸ばす。

（完全に気を許してくれちゃって、まあ――）

鉢を手に寝所から隣室へ移りつつ、李三は頰を弛めた。今となっては、水宮に籠められた頃のあの頑なさが嘘のようだ。よもやまさか、摩訶不思議な仙術を駆使する道士だの、奥義を窮めた不死身の剣士だのが、この主君との仲をこうまで親密にさせてくれようとは。

十年前の、王都の街中での出会いからしてそうだったが、まったく人と人とのきっかけとは、どこに転がっているかわからないものだ。それを首尾よく二度までも拾った自分は、きっと運がいいのだろう。

――そうだ。俺は運がいい。恵まれている。多少は苦労もしたけれど、夜叉神将への出世も、主君からの信頼も、望んだものはすべて手に入れた。これ以上の幸福などあり得ない……。

胸の中で呟いて、だがその瞬間、ぎゅっと胸郭がひきつり、痛む。

その手から、カラン……と音を立てて、木の鉢が床へ落ちた。

壁に手をつき、途端、菓子で甘ったるくなった口中に、苦い思いが広がる。

――なのに何で……あきらめきれないんだ、俺は……！

李三は自分を罵った。苦々しく思い出すのは、あの罵り合いの果てに智慧の帯に手をかけた夜のことだ。

臣下の身で主君を姦そうとするなど、本来ならば許される罪ではない。たとえ未遂でも、八つ裂きの刑に処されるべき所業だ。まして主君に生涯の忠節を誓った、夜叉神将たる身が……。

だが、そんなどうしようもない李三を、智慧は許してくれたのだ。李三を理不尽に拒絶し続けていたことに呵責を感じていたからとはいえ、王族、まして王太弟である智慧には、あれほどあきらかな臣下の無礼を許す必要はなかったはずだ。それだけではなく、さらに智慧は、李三を同好の友として、懐深くまで受け入れてくれた。長く閉いてくれなかった心の扉を全開にし、すべてを晒け出して、全幅の信頼を寄せてくれた。これが幸福でなくて何だろう。

――それなのに、ふとした弾みに蘇ってしまうのだ。あの夜知った智慧の肌、褥に乱れた智慧の髪、その香り、その感触。脚を開かされた裸体の艶姿を。熱く濡れた天鵞絨《ビロード》のような、その内側の手触りまでも……。

「……馬鹿っ」

滲んだ涙を、李三は慌てて袖で拭った。智慧が待っている。早く菓子のおかわりを持って行かなくてはならない。

(充分じゃないか)

自分に言い聞かせる。

(これ以上何を望むんだ李三。ご主君と、心を許し合った主従になることが、俺の夢だったはずだろう。これ以上は望んじゃ駄目だ。そばにいられるだけで充分だって、納得しないと。納得、しないと……)

「お待たせしました、ご主君！」

ことさら明るく、李三は寝所に戻る。「ん」と待ちかねたように手を差し出す智慧に、苦笑しつつ、菓子の鉢を手渡した。

「いいですけどね、あんた、あんまり食べるとブタになりますよ？」

「ふん」

智慧は行儀悪く、舌を突き出す。

「知るものか。今の我は王族特権停止の身だ。品格だの威厳だのは、犬にでも食わせてやるわ」

「うわ」

李三は呆れ、額を押さえる。

「お坊ちゃんが開き直ると怖ぇなぁ……」

ふふん、と智慧が笑う。

得意げに尖った、その菓子屑だらけの唇に口づけたい衝動を、李三は必死に、笑いの中に誤魔化し、打ち消した。


遯月《とんげつ》（陰暦六月）も中旬となると、蓉国は夏の盛りとなる。明け方には羽化したばかりの翡翠色の蟬が薄羽を広げ、湖を渡る風も、陽が昇れば熱を帯び始める。

智慧と李三の水宮暮らしも、すでにひと月をゆうに過ぎようとしている。

夕刻、いつもの使いに出た李三は、夏の日が長いのをよいことに、少々岸で長居をした。長引く蟄居で、岸から水宮を見張る兵士たちとも、気心が知れるようになってきたからだ。本来、虜囚の監視たる者があまり気を弛めるものではないのだが、そこはそれ、互いに人間である。さして変化もなく日が過ぎれば、退屈と怠惰にまぎれてどうしても諸事なあなあになるのは、人情というものだ。

「さて、さすがにそろそろ戻らないとな」

李三は振る舞われた茶の杯を、たん、と置いて立ち上がる。

「もう行くのかい李三、いや、伐折羅大将」

「ああ」

古紙の包みを大切そうに抱える李三に、詰所の隊長は痛ましげな顔を向ける。

「それは水宮のお方への、手土産かね」

「ああ、つまらん買い物を頼んで、悪かったな」

「何、ワシの野暮用のついでだ。そんなことは構わんが……」

すでに孫が数人いるという老兵の隊長は、腕を組んで顎を振った。

「哀れだねぇ。高貴なお方が、あんな不自由なところに、長い間閉じ籠められて」

「…………そうだな」

先立った沈黙の間は、李三の逡巡だ。確かに、王族にとって離宮への幽閉はこの上ない不名誉だろう。しかし李三の目には、針のムシロのような王宮にいた頃よりも、今の智慧はずっと気楽で幸福そうに見えるのだ。

ならばいっそこのまま、ずっとふたりだけで一緒に——と考えかけて、だが、李三はそれを打ち消す。

いかに楽しげにしていても、智慧の内心はわからない。王太弟の地位に返り咲きたいかどうかはともかく、兄の疑いは晴らしたいだろうし、本当のところは、男臭い今の暮らしよりも、女官たちにかしずかれた東宮での、雅びな日常に戻りたいと思っているかもしれない。李三の勝手な願望を押しつけてはいけない。

ひとつ咳払いをして、李三はもっともらしく声を低める。

「だけど隊長さん、うちのご主君に同情してくれんのはありがたいが、そういうことはあんまり口に出さんほうがいい。上の耳に入ると、何かとやっかいだ」

「ああ、わかってるよ。獄吏が囚人に情をかけたと知れちゃ、後でどんな難癖つけられて、罰を蒙《こうむ》るか知れたもんじゃないからな。ワシとあんたの仲だから話せることだ。ただなあ……」

老隊長はいぶかしげに首をひねる。

「ワシの経験から言って、普通、国事犯の見張りなんてものは、それこそ針糸一本の持ち込みにも神経質になって、そりゃあ厳しく行われるものだ。だがどういうわけか、今回の件には、上からあんまり小うるさいことを言って来んのだよ。あんたの出入りだって、陽のある間でも、事実上黙認状態だ。いったい王宮は、水宮のお方をどうするおつもりなのかね？」

「さあ……？」

李三も小首をかしげる。もっとも自分は、智慧以外の王族が虜囚になった例などほかに知らないから、経験豊富な隊長と違って、事例を引き比べようがない。「そなた以外の者の水宮への出入りを禁じる」と告げられれば、そんなものか、厳しいな、と単純に思うだけだ。

「あるいは王には、何か目論見がおありになるのかねぇ……？」

何かが変だ、と感じているらしい老隊長がなおも言い募る。日々暑さが募ってゆく中、狭苦しい詰所で退屈を持てあましているものだから、何か噂話のネタになるようなことを聞きたいのだろう。だが李三は「さあな」とそっけなく返す。

「王だか重臣だか知らんが、偉い人の考える小難しいことなんざわからんし、知りたくもないね。陰謀だの目論見だの、勝手にやってくれ、ってところだ」

「……ふうん。いつもながらサッパリした男だねぇ、あんたは」

年寄り臭く後ろで腕を組んだ姿勢で、老隊長は舟に乗り込む李三を見送る。李三は慣れた手つきで棹を振るい、岸辺の石を、コンとひと突きした。

「じゃあな隊長さん。また明日」

「おう、気をつけてな」

じゃぶり、と水の音。

舳先が、太り始めた青い蓮の実をかき分け、前へ進んでゆく。行く手にはいつもながらに瀟洒な、水宮の姿が浮かんでいる。

「ちょっと長居しすぎちまったな」

智慧が寂しがっているだろう、と思いつつ、棹を振るう。すでに夕刻の風が吹き始めている。丈の伸びた蓮の葉の間を縫うように拓かれている舟道を、いそぐ。

――智慧のもとへ。

目の前にいれば、いつもながらに賑やかな口喧嘩となるふたりだが、こうして少々距離を置いて想えば、智慧はいまだに李三の胸を切なく痛ませる存在だった。好きだ、と思い、少しの隔てが我慢できず、会いたい、顔を見たい、と切に感じる。

「駄目だ、李三……」

自分自身に、李三は呟いた。この頃は、水宮へ戻る舟上で、こうして自分に言い聞かせるのが儀式のようになっている。

そうしなければ、とてものこと、智慧の前で平静な顔をしていることができないのだ。

「ご主君とは、充分以上にもう、心が通じ合っているじゃないか。望んでいた通りになったんじゃないか。せっかくのご主君のお心づかいを、やさしさを無にするようなことは、できないだろ……？」

今の李三と智慧は、少し年齢の差のある、限りなく友人同士に近い主従関係だ。察するに前の伐折羅とは、疑似親子のような関係だったのだろうから、李三はついにあの「伐折羅の爺さん」に肉薄する存在にもなりおおせたことになる。

――めでたしめでたしの万々歳。それなのに、自分ときたら……。

「ただ今帰りま……うわ、な、なんですかその格好は！」

水宮の扉を押し開けるなり、李三は驚きの声を上げる。

「あ、李三」

振り向いた智慧は、困惑しきった顔だ。

目のやり場に困る洗い髪に、身には乳首の色まで透けて見える絹のうすもの一枚が、濡れて張りついている。文字通り水も滴る様子で、智慧は立ち尽くしていたのだ。

「す、すまないその――そなたが帰る前に、沐浴を済ませようと思って」

ところが宮殿育ちの智慧には、湯の沸かし方もわからなければ、体を洗った後に水気を拭う布のありかひとつわからない。仕方がなく汲み置きの水のままで湯殿を使った後、適当な帷子《かたびら》一枚を濡れたままの体にひっかけ、髪も濡らしたまま、なすすべもなくオロオロとしているうちに、李三が帰ってきてしまった、というわけだ。

「あ、あんたねぇ」

李三は智慧の体から目を逸らしながら、喉にひっかかる声で怒鳴る。

「いくら夏でも、この時刻までそんななりでいるなんて、風邪でも引いたらどうすんです！」

怒鳴りつけながら、作り付けの戸棚からたっぷりした綿布を取り出すと、いきなり智慧の頭からそれをかぶせた。

小柄な全身が、すっぽりと覆われる。

「ちょ、おい！　乱暴にいたすな！」

「動かないで！　とにかくすぐに髪を乾かさないと……！」

李三は智慧の体を見ないように見ないように、その頭部をごしごしと拭き上げる。

「なんで、俺がいない間に沐浴なんかしようとしたんです」

「それは、その……」

綿布でできた繭状のものの中から、智慧が返事をする。

「そなたの手を煩《わずら》わせることを、ひとつでも減らしてやりたくて――」

「そして余計に手間暇を増やしてしまったと」

「す、すまない……」

智慧が首をすくめる。綿布から飛び出てきた頭は、髪がもつれて絡まり、文字通り子供のような容姿になっている。

どきり、とした自分に、李三はため息をつく。何だかまずい。非常にまずい。

「とにかく、髪！　何とかしましょう。そんなにもつれたまま乾かしたら、始末がつかなくなる……！」

「李三――」

智慧はふと、不安げな顔をする。

「何か怒っているのか？」

「いいえ、何も！」

と言いつつ、ばん、と扉を叩きつける。

――勘弁してくれ……。

閉ざした扉を後ろ手に、とても忍耐力がもたない、と唇を噛む。

わかっている。智慧に悪気はないのだ。一度は無体を働かれかけた相手に、ああまで無防備な姿を見せるのは、ただひたすら、ふたりの間に育ちつつある絆を信じているからだ。

その育ちのよさからくる鷹揚さと純粋さは、智慧の魅力でもあるのだが……。

「だけど……男ってのは、そんな綺麗事で済むもんじゃないんですよ、ご主君……」

ことに、恋する男というのは、だ。

李三は頭を抱えながら、考える。

もし今、自分がまた智慧を襲い、今度こそその貞潔を穢してしまったら、あの無垢な信頼を傷つけられた智慧は、いったいどうなってしまうだろう。双子の兄のように人が変わってしまうか、最悪、気が触れてしまうか。どちらにしろ、想像するだに怖ろしい結末となるに違いない。

だが、そうとわかっているのに、李三はいまだに智慧をあきらめきれないのだ。

――だって、仕方ないだろう。今の自分はもう、あの唇を吸った時の、柔らかい心地よさも、あのなめらかな肌に覆われた華奢な体の感触も、その内側の濡れた熱さまでも知っているのだから。その上、たとえ臣下として、友としてでも、今はもう、嫌われてはいない、むしろ好かれているのだと、知っているのだから……。

「仕方ないだろう――いつまでも未練がましいのも」

ぶつぶつと呟きながら、李三は智慧の衣装と、乾いた手巾と櫛を手元に揃えていく。螺鈿《らでん》細工の櫛を手に取る時、それで智慧の長い髪を解き梳かす感触を思い出して、また少し、鬱になってしまった。


夜が更け、灯火がともる頃、すっかり身なりを直した智慧が、こちらをちらちらと上目使いで盗み見るようになった。まともに見据えたわけではないが、李三には気配でわかる。

「何です？」

と目をやると、手にした冊子の陰から、「うん……」と生返事。

「この蜜餞《ミィジエン》、よく売っている店がわかったな」

果物の砂糖漬けのことだ。果実がよく実る温暖な蓉ではありふれた菓子だが、それだけに作っている店も多く、店ごとに味も違う。

「我の気に入りの店など、そなたは知らなかっただろう？」

李三は鼻で嗤った。

「そんなもの、すぐにわかりますよ」

「なぜだ？」

「あんたの微行なんて、バレバレだって前も言ったでしょうが」

だから、そうと看板を上げているわけではないが、「公子さまが微行のたびにおいでになるご贔屓《ひいき》の店」ということで、下町では有名になっているのだという。そこら辺の女子供にでも尋ねれば、たちどころにわかる、というわけだ。

「もっとも俺が王都をウロチョロすると人目に立つんで、詰所の隊長さんに頼んで探してきてもらったんですけどね」

李三は、窓の外を親指で指す。

「そうか、では我がお役目大儀と言っていたと、伝えておいてくれ」

李三は噴き出した。たかだか子供の使いのような買い物ひとつに、「お役目大儀」はないだろう。だから李三も、「委細承知いたしました」と大仰に言ってやった。智慧はそれが皮肉だとわからず、「うむ」と頷いていたけれども。

それからも智慧のちらちらは治まらなかった。蜜餞のことなど、ただの口実だ。話のきっかけが欲しかっただけだろう。

李三にも本当はわかっている。智慧は李三を怒らせてしまったことを、まだ気に病んでいるのだ。

「……李三」

「はい」

「涼しい夜だな」

「今日は、昼間はわりとカラッとしていましたからね」

「李三」

「はい」

「――いい月だな」

「望《もち》（満月）はまだ二日先だったと思いますけどね。それに仲秋でもないでしょう。月餅が食えるのは、まだ先の話ですよ」

「……そうか」

智慧は肩すかしを食ったような顔をする。仲秋名月ならば、風雅な宴を開き、年に一度の月餅を食べて祝う日であるが、今宵は何の由緒もない、ただ月夜というだけの夜だ。どうにも、話のタネとしては、締まりが悪い。

「だ、だが十三の月は、東海国では望に次いで美しい月とされるという話だぞ」

「そりゃまあ、いつでもどこでも月なんざ、光ってりゃ綺麗に見えるでしょうよ」

「いやだから、それはそれで情趣が深いだろう？　そう思わぬか？」

何とかこじつけようとする、必死な顔が可笑しい。噴き出し笑いを堪えていると、智慧はまた顔を上げて「李三！」と呼びかけてくる。

「はい」

「一緒に、月を見ないか？」

「もう一緒に見てますけど？」

「そうではなくて」

ぽん、と牀から飛び降りる。

「月見舟だ！　船の上から、月を見るのだ！」

「はぁ？」

「蓮の葉の香を嗅ぎながら、舟に揺られて、ゆっくりと湖上を経巡《へめぐ》りながら月を見るのだ。どうだ、楽しいぞ！　そなたもきっと気が晴れる！」

「はぁ……そりゃ楽しいでしょうな。でも」

あんた忘れてるでしょう。自分がここに幽閉されている虜囚の身だってこと。

そう告げると、智慧は本気で忘れていた顔をして、「あ」と口を開いた。

「そ、そうだったな……我はこの水宮から出てはならぬ身だったな……」

みるみる、その顔が落胆に陰る。

（あ、しまった……）

いかに明るく振る舞っていても、智慧は濡れ衣を着せられている身だ。気鬱に陥らせないためには、なるべく現実を思い出させないようにしなくてはならなかったのに――。

「いいですよ」

「……え？」

「月見舟、風流じゃないですか。是非やりましょう」

立ち上がる李三を前に、智慧は迷ったように目を瞬く。

「だ、だが、この水宮から出ては……」

「俺が受けた命令は、『公子を外に出してはならぬ』じゃなく、『水宮の外に出してはならぬ』です。『水宮』の範囲には、この中州の上だけじゃなく、湖の上も含むはずだ。そうでしょう？」

「──詭弁《きべん》だろう」

「いいんですよ。要はあんたが上陸して逃亡さえしなければ、誰も細かいこたぁ言いませんって。ほら、そうと決まればもう一枚羽織って」

主君の肩を、気安くぱんぱん、と叩いて促す。

桟橋に繋がる玄関の扉を開くと、ちょうど正面に、十三夜の月が上がっていた。よく晴れた夜空から降り注ぐ月の光が、蓮の葉の表面に映えて、得も言われず美しい。まさしく一幅の絵のようだ。そう、あの、白院君が持参した、二太子のこよなき愛妾であったという文人の描いた、水墨画のように。

「なるほど、こりゃ思わず夜歩きしたくなりそうな夜だ」

李三がらしくもなく風流なことで感心すると、智慧は
「そうだろう？」

と手柄顔で鼻を上向ける。この夜に月見舟とは、我ながらいい発案だった、と思っているに違いない。

「けどねぇ」

李三は智慧を舟に乗せ、棹を取り出して桟橋をコンとひと突きしつつ、渋い顔をする。

「……知りませんよ、どうなっても」

何がだ？　と智慧が小首をかしげているのを見て、李三はまたため息をつきたくなった。

──王宮育ちの公子様は、きっと知らないのだろう。俗世間で「夜歩き」とは、単なる「夜の散歩」

ではなく、情事の相手を求めて妖しく夜闇を徘徊することを指すのだとは……。

困った、と思う。困った。確かに、月が綺麗だ。えらく綺麗だ。こんな美しい夜に、湖上で、智慧とふたりきり、月を眺めるなんて。

じゃぶり、と水音がして、舟が水面をかき分ける。

（えい、もう、知るものか）

蜜のような月が、ふたりを見ている。

（何が起こっても、月が綺麗なせいにしちまおう……！）

どこにも逃げ場のない水の上へ、李三は智慧とともに滑り出して行った。


じゃぶん、と舳先が水の塊をかき分ける。

夜空には蜜のような月。夜気に漂う、さわやかで清涼感のある香りは、蓮の葉が放つものだ。

「虫が気になりませんか？」

棹を操りながら李三が尋ねると、か細い灯火の光に白い顔を浮かび上がらせた智慧が、くすりと笑う。

「つくづく風趣に欠ける奴だな。こんな美しい夜に、虫刺されの心配か」

「ご主君こそ、そんないかにも弱そうな肌をなさって、何言ってんです」

月光に映えて、智慧の肌は夜目にも白い。その肌を撫でた時の、絹のような感触が掌に蘇り、李三は股間の奥がずくんと疼くのを感じた。

なのに智慧は、いっこう警戒する様子もない。

「そうでもないぞ。昔、王宮の庭の茂みで半日昼寝をした時も、それほど刺されなかった」

李三はぽかんと口を開く。

「……いつそんなことを？」

「まだ王太弟になる前だ。兄上も一緒で、伐折羅が我らを人目から隠してくれて、楽しかったな」

「……」

李三が黙り込んだのは、公子たる身の兄弟の意外なはしたなさに、呆れ返ったからだ。決して、嫉妬ではない。嫉妬などではない、はずだ。だが顔にはやはり本心が出てしまったのか、智慧は「あ」と息を呑み、

「すまぬ」

と慌てたように付け足した。

「――何で謝るんです」

「伐折羅の話をすると、そなた気分を害するだろう？」

「そんなちっちゃい男じゃないつもりですけどね……」

ぼそりと呟くと、さらに失言を重ねたと思ったのか、智慧はまた詫びを口走る。

「す、すまぬ」

「いや現に、伐折羅の爺さんには散々腸を煮えくり返らせてきたから、あまり偉そうなことは言えませんが……」

ぼりぼり、と鬢をかく。

「あんたが『楽しかった昔の思い出』として語ることにまで、いちいち臍を曲げやしませんよ」

「そ、そうか」

智慧はあからさまにほっとした顔をする。この様子では、夕刻からずっと李三の不機嫌を思い煩っていたのだろう。

それは、喜ぶべきことだった。智慧にとっての李三は、様子がおかしかったり、顔色がすぐれなければ、何か悪いことをしてしまっただろうかと案じる程度には、大切な存在になっているということだからだ。実際、宮廷に上がった頃の李三ならば、智慧の前に這いつくばり、額を地にこすりつけて感激しただろう。やっと俺は、このお方の臣下になれたのだ、と泣いて幸福に感謝しただろう。

――だが今の李三はもう、それでは満たされない。そんなささやかな幸せでは満足できないほどに、この恋心は巨大な化け物に育ってしまった。李三自身が、うかつにも、そう育て上げてしまった。そんなことをしても、自分自身を苦しめるだけだというのに――。

じゃぶん、と水の音。湖の中でももっとも水深が深いとおぼしき場所に、舟を停める。

蓮の葉の香りを乗せた涼風が、吹き過ぎる。ココココ、と鳥とも虫ともつかぬものの鳴き声が、床しく響く。頭上には齢十三の月。

「別世界のようだ」

智慧は嬉しげに、周囲の景色を見回した。

「ここが浮世の王都であることを、忘れそうになるな」

「……そうですね」

「水宮に籠められた時は、世が暗闇に閉ざされたように感じたものだが――」

細い頤を反らせて、月を見上げる。

「悪いことばかりではなかった。日がな一日好きな本を読み、好きな菓子を好きなだけ貪り食べて、王宮では眉をひそめられるような話を、そなたと延々語り合えた。どれもこれも、生まれて初めて味わう愉しみだった」

「……」

「感謝している。李三」

ちゃぷん、と小波が船の横腹を叩く。

「そなたがおらねば、我はとうに望みを失い、今頃首を括っていたやもしれぬ」

ちゃぷん、ちゃぷん……。

「そなたがいてくれて、よかった」

ちゃぷん……。

「そなたが我の夜叉で、よかった――」

「――っ！」

刹那、李三は鬢の毛が逆立つのを感じ取った。

――ご主君、それ、殺し文句ですよ。あんた絶対、自分が何を言ったかわかってないでしょう。まったく、人の気も知らないで――！

李三が内心で喚きつつ、小舟の上で動揺した時、智慧が「あ」と視線を逸らせた。

李三は視線を智慧のそれに添わせる。見れば湖岸と思しき場所で、灯火が右に左にまろびつつ、こちらに合図を送っていた。

「詰所の兵でしょう。水宮から船が出たものだから、何事かと確かめに出たのだと思います」

「そうか。あの菓子を買って来てくれたという隊長殿かな？」

智慧が笑顔で、手を振り返そうとする。その手を、李三は慌てて摑んだ。

「やめときましょう。あんたが湖上で優雅に月見を愉しんでいたことが知れれば、あの兵たちが王宮から罰を蒙るかもしれません」

「あ……そう、だな」

うかつだった、と顔をしかめ、智慧が手を引っ込めようとする。

その力に、李三は逆らった。

手を、放さなかった。

「李三――？」

ぱち、と瞬きした智慧の顔を抱き寄せ、李三はその唇を自分のそれで覆い尽くした。

じゃぶん、と波を立て、揺れる舟。

吹き渡る風。

甘い香り。

朧にかすむ月明かり。

どこまでも柔らかい、絹のような唇――。

何かを悟ったのか、湖岸の灯火が、いそいそと引き上げてゆく。

「り、さん……」

顔を離すと、智慧は困惑したように、李三の顔を凝視してくる。

怒りでも嫌悪でもない、ただ困惑するまなざしだ。どうしてこんなことを？　と、その目が問いかけてくる。

李三は胸を痛ませながらも、智慧を抱きしめた。覚悟していたことだった。智慧の友情と信頼を裏切る痛みに、身を切られるだろうことは。

だがそれでも、それでも自分はこの人を欲しいのだ。なぜなら、なぜなら――。

「ご主君、ご主君、お許し下さい――っ！」

智慧を抱き、半泣きの声でかき口説く。

「俺、やっぱり駄目です。あんたとはただの主従にはなれません。どうしてもあんたが欲しいんだ――！」

「……っ」

智慧がびくりと震える。驚愕と、困惑に、ただただ李三の腕の中で、体を固くしている。

「わかってます。あんたが俺の馬鹿を許してくれて、しかも信頼できる臣下として遇《ぐう》してくれていることが、あんたの最大限の愛情なんだ。俺はそれに感謝して、あんたがくれたそこその幸せで我慢すべきなんだ。でもそうだとわかっていても、どうしてもこの心が納得しない。あんたの全部をもらわないと、俺は絶対に満足できないんだ――！」

「り、りさ」

「好きです。あんたを抱きたい。あんたの全部を、隅々まで自分のものにしたい。あんたが、欲しい――！」

舟が揺れる。なすすべもなく茫然と強張った体を李三に預けている智慧と、そんな智慧を自分の体の内に取り込もうとばかりに抱きすくめる李三の、双方の心の振幅そのもののように。

ざぶり、ざぶりと水の音。

頭上には、蜜色の月。

「李三――」

やがて、舟の揺れが静まると同時に、智慧が、物柔らかな声で何かを告げようとした。その時。

「――王……が……！」

「……何……まさか……」

にわかに岸辺が騒がしくなった気配に、李三は智慧を抱いたまま振り向く。二、三の松明が、慌てふためくように右往左往している。夜気に乗って届く、「王が御自ら……」という、かすかな声。

瞬時にして、智慧の表情が変わる。

がらがら、と騒がしい音がして、岸辺に一台の馬車が現れた。傘に黒っぽい覆いをかけ、お忍びを装ってはいるが、あきらかに貴人の乗る車だ。御者席で手綱を握る、同じように黒っぽい外套に身を包む男は、おそらく宮毘羅大将だろう。きちりと弛みなく髻を結い上げた頭の形でそれとわかる。

そして、頭からすっぽりと衣をかつぎ、馬車の中から目元だけをこちらに見せている、あの人物は――。

「あ……兄上！」

不意に智慧は叫んだ。そして不意に、舟の上に立ち上がる。

「ご主君！」

李三が慌てて揺れる舟を押さえる。しかし智慧は無我夢中で、不安定な舟板の上に踏ん張り、懸命に背を伸ばし、爪先立って、水面を隔てた向こうにいる馬車を見ようとし、大きく、もがくように手を振った。

「兄上、兄上っ……！　来て下さったのですね……！」

その姿、その声に気づいたのだろう。傘の下の人物が、はっ、と顔を隠そうとする。慌ただしく命を受けた御者が、慌てて馬首を返し、がらがらと馬車を動かし始めた。

車輪の音が、馬車の姿が、岸辺から遠ざかる。智慧はその無情さに、ひくりと息を呑んだ。

「待って……！　どうか、どうかひと目、せめてお顔を見せて下さいませ兄上！」

悲痛な叫びと共に、智慧が大きく身を乗り出す。自分が舟の上にいることなど、失念していたのだろう。たちまち、ざぶん、と水音を立てて、その体が転げ落ち、水面の下へ消えた。

「ご主君っ！」

李三は迷うことなく、自らも湖面に飛んだ。ざぶん、と水音がして、しばし。さほどの間を置くことなく、泥濘《でいねい》渦巻く水面の下から、智慧の体が突き上げられるように持ち上がる。溺水者を救助する時は、引きずり込まれぬよう、下から上へ担ぎ上げるのが鉄則。水の国である蓉の武人ならば、誰もが心得ていることだ。

ごろん、と舟の中へ智慧の体を投げ入れ、自らも水面から上がる。智慧が水を飲んでいないことを確かめ、急いで棹を振るい、舟を桟橋へ漕ぎ寄せる。

ふたりは共に、泥まみれ水草まみれのひどい姿だった。李三は智慧を担いで水宮へ駆け込むと、湯殿へ直行し、まずは智慧の衣服を脱がせた。

「――ッ」

現れ出た白魚のような裸体に、一瞬手が止まる。

だらりと四肢を投げ出すその姿の、なんと艶麗なことか――。

湧き上がる邪心を、忌々しげな舌打ちひとつで封じ込め、自分も上衣を脱ぎ捨てる。まずは、この泥だらけの姿をどうにかしなくてはならない。余計な思案は、後だ。

（くそっ……）

汚れを洗い流し、水気を拭き清め、どうにかふたりとも寝所に行ける姿になったところで、智慧を抱いて牀に向かう。

衾をめくり、褥に横たわらせ、黒い蛇のようにうねる髪を広げると、思ったよりも残っていた水気が、李三の手をぐっしょりと濡らした。

「もっとちゃんと拭わないと――」

拭い布を取りに行くために、一時その傍らを離れようとした、その時。

智慧の手が、ぱしりと李三の手を捕らえた。

「ご、ご主君？」

「……李三……」

濡れ髪の、蒼白な顔が、消え入りそうな声で囁く。

「よいぞ」

「え、な、何がですか？」

「――我を好きにして、よいぞ」

「え……」

李三は口を開いたなり、絶句する。さぞかし間抜けな顔だろうに、智慧は少しも笑わない。

――否、違う。笑わないも何も、今の智慧には、すべての表情がないのだ。文字通り、心に穴が開いたように、すべての感情が零れ落ちてしまったのだ……。

「どうした……？　そなた、我を抱きたいのであろう……？」

虚ろな瞳の濡れた表面が、李三自身の顔を映し出している。

「我自身がよいと言っているのだ。煮るなり焼くなり、好きにいたすがよい。どうせ、もう……」

すぅっ、と音もなく、その虚ろな目から滴が零れ落ちる。

「どうせもう、この身は、蓉国にとって、兄上にとって、無用のものなのだ――」

李三の胸は、斬られるように痛んだ。智慧が流しているのは、決定的な絶望の涙だった。馬首を返し、冷たく背を向けて去って行った兄の姿に、ついに智慧は、自分がもう兄から愛されていないことを呑み込んだのだ。かつて李三が、親に捨てられたことを、しばらく経ってから理解したように。

痛ましく見つめる李三の前で、智慧は、さあ、と目を閉じる。命を差し出すかのように、顎を上げ、柔らかな喉首を晒す。

乳白色の、なめらかな、絹のようなそれ。

李三はごくり、と生唾を飲んだ。そこに思い切り歯を立て、生きた血肉を貪り食ってやったら。あるいは、その無垢な体に容赦なく己れを捩じ込んで、擦り切れるまで玩具にしてやったら、さぞや美味だろう。智慧に出会って以来、長年抱えた餓《かっ》えも、一気に癒されるに違いない。

李三は手を伸ばす。そして、死んだように身動きしない智慧の上に覆いかぶさった。

「ん……」

その口元を覆い尽くすように唇を重ねる。角度を変え、咬み合わせ、ぴちゃ……と淫猥な音を立てる。熱い粘膜同士が、あり得ぬ深さで触れ合い、互いにこすれ合った。

吐息さえも交わる、長く、淫らな口づけに、さすがに智慧が体を震わせる。その時。

不意に、李三が体を離した。

「ん……んん……」

「……っ？」

急に失われた熱さと感触に、智慧がいぶかしげに目を開く。その目を上から見つめて、李三は微笑んだ。

「御馳走様でした。今はこれだけ、いただきます」

「李三……？」

「俺は」

李三は、いつもとは微妙に違う調子で、口を開いた。

「俺は、蓉の北のはずれ、諒国との国境に近い村に生まれました。ここらと違って、夏でも寒い日があるような土地です」

「……？」

いきなり脈絡もなく語り始めた李三に、智慧のいぶかしむ気配が伝わってくる。李三は目を閉じ、淡々と声を絞り出した。

「土地は痩せて、親父とおふくろが二人がかりで鍬を振るっても、実入りはほんのわずかだった。そんな暮らしなのに、夫婦の間には六人も子供がいて、俺はその三番目でした。李三って名前も、だからきちんとつけられた名じゃない。単に『李んところの三人目のガキ』って程度の呼び名です。村のどの家でも、大人たちは食い繋ぐのがやっとで、子供の扱いなんてそんなもんでした」

「……」

「俺が八歳くらいになったある年、親父は村に流れ着いたゴロツキに、博打《ばくち》の味を教えられました。貧しさに負けて、心が折れちまったんでしょう。働き手を失って、ただでさえ貧乏だった俺ん家は、あっという間に一家揃って餓死寸前のありさまになっちまいました。そしておふくろは、ある日、町から人買いを呼んできました。そして一番上の兄貴以外の、五人の子を並べて言ったんです。『男でも女でも、どれでも一番高く売れそうなのを連れて行っておくれ。もう、いらないから』」

「……ッ！」

智慧がびくりと震える。その驚きに見開かれた目を、李三はやっと少し体を離して覗き込んだ。

「俺が連れて行かれたのは、少し離れた町の南院《なんいん》でした。南院って、知ってますか？　男が、男に春をひさぐ場所です」

李三が人買いの男に聞かされたところでは、男色が大陸南方で好まれる風習だから、男娼の働く廓《くるわ》を「南院」と称するのだそうだ。

「俺はそこに、仕込《しこ》みの期間も含めて、六年ばかりいました。今はこんなにゴツくなっちまいましたが、あの頃の俺は田舎町じゃそこそこ美少年のほうだったから、一時はかなり売れっ子でした。つまり、それだけ多くの客を取らされていたということです。多分、何百じゃきかないでしょう」

「り、りさん……」

智慧の顔色が青くなる。今の彼は、男の身が男に抱かれるとはどういうことか、具体的な方法も、その屈辱も苦痛も知っているからだろう。その様子を、自嘲しながら李三は眺めた。

「ですが十五、六にもなると、さすがに俺にもトウが立って、客がつかなくなってきた。俺はお払い箱になり、九年分の食い扶持《ぶち》や衣装代を差し引いたわずかな退職金を持たされて、南院を追い出されました。追い出されたって、行く当てなんかあるわけがない。生きていくために、ただ飯を食うために、俺は地元の守備隊の雇われ兵になるしかなかった」

蓉は天下泰平を謳歌する大国だが、国境地帯ではしばしば近隣国家との小競り合いも起こる。また貧しい地域では、山賊・川賊のたぐいも出没する。兵士になった李三が戦ったのは、主に一帯を荒らし回っていた野盗どもだった。野盗と言っても、烏合《うごう》の衆ではない。強力な首領を頂き、馬や武器、鎧を揃え、官憲の支配を拒み、ある地域を丸々実効支配する、事実上の反乱軍のような者どもである。

「それでも、俺のその当時の上官は有能な人で、俺が兵士になって三年目に、俺たちの軍はどうにか野盗どもを本拠地まで追い詰めることに成功しました。みんな必死でした。その戦いに勝てば、手柄を立てた者は王都へ栄転できることが約束されていたからです。俺ももちろん、そうでした」

「——ああ、聞いておる」

智慧が掠れた声で呟く。

「その時の武勲を買われ、そなたは王都守備隊に……」

だが李三は自嘲を浮かべつつ、首を横に振る。

「違うんです」

何昼夜にも及ぶ決戦——いやもうそれは、野盗の首領たちの首を取ろうとする兵士たちと、取られまいとする野盗どもとの、壮絶な殺し合いだった。それでもついに、李三を含む兵士たちの一団は、野盗どもの最後の砦になだれ込んだ。そして、李三は。

「ついに野盗の首領の首を上げた――わけじゃなかった」

「……？」

「首領の首を取ったのは、本当は一緒になだれ込んだ別の兵士だったんです。だけどそいつは、すぐに首領の側近に殺されてしまって――俺は、どさくさにまぎれて、そいつの手柄を横取りしただけだ」

は、と智慧が息を呑む。

「そなたが――？」

信じられない、という智慧の口調に、こくんと頷く。

「そう。本当は戦友が取った首領の首を、さも自分が取ったように報告したんです。そして思惑通り、戦いの後始末がついた後、王都守備隊への栄転を命ぜられたのは、俺だった」

「……」

智慧は言葉もない様子で、唇をなかば開いている。李三もまた、淡々と告白を続ける。

「俺はでも、そのことを悔いてなんかいません。一度だって、悔いたことなんかない。他人の手柄の横取りなんて、戦場ではしょっちゅうあることだし、たまたま戦友はツイていなくて、俺はツイていた。それだけのことだ。だって――」

洟をすすって、涙を拭い、傲然《ごうぜん》と顔を上げる。

「だって俺は、あの嫌な思い出と貧しさの染みついた土地で、一生を終わりたくなかった。どうしても嫌だった。何としても逃げ出したかった。どうしても、豊かで人間らしい、幸せな暮らしが欲しかった――！」

李三は牀の傍らに膝をつく。そして智慧の手を取り、温めるように撫で、包んだ。

「ご主君、これが本当の俺です。見かけ通りの、純真無垢な忠犬なんかじゃない。ずるくて、汚くて、ねじくれて、無知で恥知らずで、本当にどうしようもない不潔な野良犬。それが、嘘偽りないこの李三の正体です――」

だが、そう告げる李三の声には、自分でも意外なほど劣等感が含まれていなかった。むしろそこには、ふてぶてしく、時にはしたたかに、だが常に一生懸命生きてきた人間の、強い自負心が宿っている。そうだ、と李三は誇り高く胸を張った。これが俺だ。これが、この李三という男だ――。

「ねえご主君、こんな俺を、あんたは軽蔑しますか？　この世に生きる価値のない人間だと、思いますか？」

「……」

智慧は気を呑まれたような表情のまま、だが明確に、ふるふる、と首を横に振った。

李三は微笑んだ。ああやっぱり、この人は気持ちのやさしい人だ。相手がどんなに下賤《げせん》な人間であろうと、その懸命さや努力を決して頭から否定しない。この人のこういうところに、自分は恋をしたのだ……。

「ねぇ、ご主君。だったらあんたも、自分をいらない人間だなんて言わないで下さい。そんな言葉、聞くだけでつらい」

大切なのだ。大事なのだ。心の中で、宝物のように思っているのだ。憧れや憎しみの間をせわしなく行きつ戻りつしつつも、十年前に出会った時から、それだけは変わらない。そう伝えるために、やさしく見つめつつ、そろり、と衾をかける。

「子守唄、歌ってあげましょうか？」

からかうように、いつぞやと同じく囁けば、やはりいつぞやと同じく、きゅっと不快げに眉が寄る。

「……歌はいらぬ」

だが、返ってきた答えは、あの時とは違うものだった。

「いらぬが……我が眠るまで、そばにいてくれ。李三」

思いがけない答えに、李三は驚き、智慧の瞳を見つめ返す。

深く傷つき、虚ろな穴と化したようなその目は、それでも今は、凪いだ水面のように落ち着き、傷を癒すための眠りに落ちようとしていた。

「はい……」

その瞳に吸いこまれるように、李三は答える。

「はい、ご主君、仰せのままに」

その言葉に安堵したように軽く頷くと、智慧は泣き腫らした瞼をゆっくりと閉じた。

ざぶり、ざぶりと、さざ波の音が聞こえていた。


「日が、短くなってきたねぇ」

王都の陋巷《ろうこう》で交わされる夕べの挨拶に、そんな文句が混じるようになってきた。

南方からの風の恩恵を受ける蓉の夏は、そう簡単には去って行かない。が、それでも不快な日々は永遠に続くわけではない。桂月《けいげつ》（旧暦八月）にも入れば、朝夕はだいぶ涼しくなり、吹き過ぎる風の

中にふと秋の気配を感じることも増えてくる。

店頭に並ぶ月餅を眺めながら、そろそろ、本当の仲秋名月も近いな、と李三は苦笑する。あの十三の月の夜から、もうそんなに時間が経ったということだ。

――王宮からは、いっこうに音沙汰がない。このごろでは梵徳からの通信も途絶えがちで、さほど頭の回転がよくない李三にも、王宮内の情勢が膠着《こうちゃく》状態に陥っていることがわかる。

（もしかして、このまま有耶無耶にされて、ご主君はずっと水宮暮らしが続くということか？）

病的に猜疑深い王も、さすがに少しは冷静になり、弟を隔離したことで満足したのかもしれない。水宮に押し籠められている限りは、たとえ今後、奇跡的に成長の遅れを取り戻したとしても、智慧が宮女に手をつけて子を成すことはないからだ。あとは自身の子が生まれるのを待って、改めて智慧の廃位を宣すれば、弟に王の座を奪われる心配は完全になくなる。

むしろそうなって欲しい、と李三は思う。智慧が玉座に就くことなど、かけらほども望んでいない。五国では独身の王はあり得ず、王が立つ時は、必ず王后も並び立つのが習いだからだ。

智慧が妻を娶るところなど、李三は見たくもない。あの小柄な主君の体は、その髪の毛の一本、爪のひとかけらまで誰にも渡したくない。たとえ名目上であれ、その伴侶の座を誰かに譲るのも嫌だった。智慧と一対の存在なのは、この俺だ。伐折羅大将である、この李三だけだ。そんな自負が、水宮での日々のうちに、李三の胸には生まれつつあった。

「今日は、そうだな。松の実か胡桃《くるみ》でも買って帰ろうかな」

ずらりと居並ぶ小店の通りを眺めつつ、長閑に李三が呟いた、その時。

横合いの路地から、ひゅっとその腕をさらう手があった。武官としての名誉のために言い添えるなら、抵抗しなかったのは、引きずり込んだ人物に心覚えがあったからだ。

「珊底羅大将……？」

口がきけない夜叉神将は、唇に指を当てた。頭からすっぽり頭巾をかぶっている姿が、板についている。

「ど、どうしたんですか、こんな場末まで」

智慧の捕縛以降、この神将の主君である梵徳公子からの連絡は、必ず別人を介して行われていた。口がきけない珊底羅に伝言はできないし、かと言ってなまじ手紙など託すと、万一それが王宮側の手に渡った場合、取り返しのつかないことになるからだ。

だがこの時、珊底羅は一片の紙片を李三に見せた。

〈緊急事態〉

と書いてある。さほど達筆でないところを見ると、彼自身の筆跡だろう。

〈智慧公子に賜死の裁定が下された。明日の朝、王自らがお忍びで水宮に赴き、公子に服毒させる手はずだ〉

がやがや、とにぎやかな通りの喧騒が、一瞬、遠ざかる。

いまだ夕刻のはずの王都に、突如、暗闇が降ってきたかのように、李三の周囲から、音と光が消え去った。

――何……？　何だって……？　どういう意味だ……？

鈍い李三の反応に、苛立った珊底羅の手が、胸元を揺さぶる。

――わかっているのか、伐折羅大将！

と、その目が叫ぶ。もどかしげに、がりがりと地面を短剣でかいて、新たな文字が綴られる。

〈王はとうとう、群臣たちの反対を押し切ってしまった。あれはもう、妄執の化け物だ。王は何が何でも智慧公子を殺すつもりだ〉

「そんな――そんな……！」

〈逃げろ〉

珊底羅はひときわ大きく書いた。

〈日が暮れ次第、公子を連れてできるだけ遠くへ逃げろ。蓉国外へ脱出できるなら、それが最善だ〉

「わ、わかった」

李三は頷いた。漠然とではあるが、以前から心づもりのあったことだ。

〈ただし諒国は避けろ。王父の白院君は、例の白妃の養父だ。養女殺しの容疑者である智慧公子を、亡命者として受け入れるはずがないからな。捕らえられて送還されるか、最悪、その場で殺されるだろう。できうるならば湊《そう》国がいい。あの国は海上貿易で成り立っている国だから、亡命者にも寛大だし、ある程度大きな港町からならば、どこからでも船の便があるはずだ。わかったな？〉

「ああ」

〈幸運を祈る〉

書き終えるなり、その文字の上に、猫のように砂をかけていく。

たくましい体をひるがえし、狭い路地をするりと駆け去るその背中を、李三は無言で見送った。おそらく、これっきり二度と目にすることはない姿だ。

だが感傷に浸っている場合ではなかった。すでに王都の頭上に、夜闇が降りつつある。李三は人の少ない路地小路を選び、目立たぬように駆けに駆けた。

どくん、どくん。

心臓が、空回りするかのように脈打つ。

（どうして）

李三は文字通り、臍《ほぞ》を噛む。

（どうして、忘れていた。どうして今まで、こんなに呑気に構えていたんだ、李三！　お前は馬鹿だ。ご主君の命が風前の灯だなんて、最初からわかりきっていたことだったのに――！）

こんなことならば、さっさと逃げ出せばよかった。梵徳は智慧をもと通りの王太弟の地位に返り咲かせることにこだわっていたが、李三にとっては、そんなことはどうでもいいことだった。それなのにどうして、こんなことになるまで、水宮でのんびり暮らしていた――！

（俺のせいだ）

李三は適当な土壁を、力任せに殴りつけた。

（俺が、ご主君とふたりきりでいられることに浮かれて、目の前の楽しみに浮かれて、恋に目が眩んで、時間を浪費していたんだ。俺のせいだ。俺の――！）

返す返す、悔やんでも悔やみきれない。重すぎる後悔のあまり、魂が地面に沈んでいきそうだ。

（いいや、まだ間に合う）

李三は自身を叱咤《しった》激励する。

（まだ間に合う。賜死は明日の朝だ。まだ時間はある。一夜かけて逃げに逃げれば、かなりの距離は稼げる――）

さして回転がいいわけではないが、抜け目はない頭脳を必死に働かせて、李三は王都の巷を駆け戻った。

主君の、想い人の待つ、湖の上に浮かぶ離宮へ。


壊す勢いで扉を開け、水宮に飛び込んできた李三の顔色を見て、智慧は観月居《かんげつきょ》の『無鉤無双剣《むこうむそうけん》』を広げながら口にしていた冰糖葫芦《ビンタンフール》（山査子《さんざし》の実の飴がけ）を、もぐもぐと嚙み、ごくん、と冷静に呑み込んだ。

「――逃げよう」

李三は背中で扉を閉ざし、顔中を汗だらけにして、低く囁く。

「今すぐ、いや、夜が更け次第、ここを出ます。荷物は最低限。いや、何も持たなくていい。でも衣服と沓《くつ》だけはしっかりしたのを用意して下さい。最悪、冬になっても逃亡生活が続くかもしれないから、動きやすくて、なるたけ厚いのを何枚か」

「李三」

「心配いりません。主要な街道と駅停のある町は、大体頭に入ってる。上手く逃げ切って船に乗れば、湊国までなら半月かからんでしょう。今の時分は、潮もいいはずだ」

「李三」

「早く身支度して！　あんた、明日の朝には処刑されるんですよ。時間は、今夜一晩しかないんだ！」

「李三！」

室内をばたばたと駆け回って準備をする、その後ろから、不意に腕を掴まれ、李三は振り向いた。

「……李三、我は行かぬ」

李三は手に智慧の衣装を抱えたまま、ぽかんとした。

「我は行かぬ」

通じなかったのかと思ったのか、智慧は同じ言葉を繰り返す。

「兄上は、明日の朝、我に死を賜うのだろう？　ならば我は、ここでそれをお待ち申し上げる」

「ばっ――――！」

馬鹿、と主君を罵りかけて、李三は慌てて自重する。

「何言ってんですかあんた――――！　ご主君、あんたわかってんですか？　明日の朝殺されるんですよ？」

「ああ、よくわかっている」

「だったら何で！　あんた無実なんでしょう？　父親を殺してなんかいないんでしょう？　大人しく殺されてやる理由なんかないじゃないですか！　なのに何で、そんなとち狂ったことを――――」

「いいのだ」

諦観に満ちた、それでいて凛とした声。

「覚悟は、とうにできていた」

睫毛の揃った瞼を、伏せて、上げる。

「兄上が――王が、どうしても、無実の罪をこじつけてでも我の命を絶たねば安堵できぬとおっしゃるのなら、我はそれを差し上げるまでだ。それが、兄上に、我の真心をお伝えする、最後の機会になるだろうからな」

「そんな――！」

李三は打ちのめされる思いを味わった。無実の罪を着せられ、さらには命までも奪われようというのに、智慧は最後まで兄への忠誠を捨てることを拒むのだ。こんなにも近しくなった李三の懇願を振り切ってまで、兄を選ぼうというのだ――。

「何で……何でですか！」

李三は智慧の両腕を左右からがしりと摑みしめ、ゆさゆさと揺さぶった。手に持っていた衣が、足元にばさりと落ちる。

「何で、あんたそんなに兄貴が大事なんですか！　あんたの兄貴は、蓉王は、下らない迷信だか疑り屋根性だかに憑《と》りつかれて、血を分けた弟を殺そうとするような奴なんですよ！　昔は仲のいい兄弟だったか知らないが、今はもう――」

「違うのだ、李三」

智慧は左右に首を振る。

「違うのだ――我が兄上の裁定を受け入れようと決めたのは、弟として、まだ兄上をお慕い申し上げているからではない。兄上が王で、我が王族だからだ」

「……え……？」

まったく理解できない、という思いを込めて智慧を見つめる。すると智慧は、ふふっと笑って、李三の顔を見上げてきた。

「王族というのはな、李三。生まれてから死ぬまで、王と国家を守るために生きるのだ。それ以外の生き方は許されない存在なのだ」

だからこそ、民が汗水流して働いた成果の租税でもって、格式ある豊かな暮らしを営むことが許されるのだ、と智慧は語る。

「我がここから逃げて命永らえれば、兄上のお心と、国家の行く末に、不安材料を残すことになる。これ以上、我を巡る騒動が長引けば、政《まつりごと》にも差し障りが出てこよう。そしていつの世も、政治が停滞すれば、そのしわ寄せを真っ先に受けるのは、何ら関わりなき民草だ。つまり、かつてのそなたと、そなたの家族のような、弱く貧しき者たちだ。わかるな？」

わかりません。わかりたくなんかない。李三は内心で叫んだ。俺は頭が悪いんだ。あんたが逃げれば、どこかの貧乏な農民が苦しむなんて難しい理屈、俺にわかるわけがないでしょうが……！

「それにな、李三」

なのに、絶句する李三に、聞きたくもない話を、智慧は続ける。

「我が外国《とつくに》へ逃げれば、あるいは逃げた先の王が、王太弟であった我の身柄を担ぎ、この蓉国に対してよからぬ企てをいたすやもしれぬ。そうなれば、我の身が戦乱の火種となり、結果として無数の民が戦に駆り出され、野に屍を晒すことになろう。その中には、そなたや、そなたの家族に繋がる者がおるかもしれぬのだぞ。我は王族として、そのような災難をこの国や国の民にもたらすことはできぬ。絶対にできぬ」

「――っ……！」

「李三、わかってくれ」

明日には殺される運命を前にした智慧が、李三の頬に懇願するように手を当てた。

「どうかわかってくれ。我は明日、兄上、いや、王より死薬を賜わる。我は堂々と、王族の誇りを持ってそれを飲み干す。そうせねばならぬし、そうするつもりだ。そなたと逃げることはできぬ。わかってくれ」

「嫌だ！」

李三は叫んだ。子供のように泣きじゃくりながら。智慧を抱きしめながら。

「嫌だ、嫌だ……！　俺はあんたが死ぬところを見るなんて嫌だ。なあ頼む。頼むから俺と逃げよう。あんたが王族だとか、国がどうだとか、そんなこともうどうでもいいじゃないか。命あっての物種だろう？　人間誰だって、自分の命や幸せを大事にしたいのは同じじゃないか。たとえあんたのせいで戦が起こったって、誰もあんたを恨んだり責めたりできるもんか。なのになんであんた、王族だからって大人しく殺されようとするんだ……！」

「李三……」

「なあ、よく考えてくれご主君、あんたが処刑されちまったら、じゃあ俺はどうなるんだ。俺たち夜叉神将ってのは、一生涯、何があってもご主君に連れ添って、ご主君を守るもんなんだろう？　俺に、ご主君を守れなかった間抜けな夜叉神将って汚名を背負って、ずっと生きていけっていうのか？　そんなのは御免だ。あんまりだ。死んだ伐折羅の爺さんだって、きっとあの世で、俺に何してんだ馬鹿野郎って……」

「李三、それは違う」

智慧は李三の顔を覗き込んで、その口説を遮った。

「李三、夜叉神将というのはな、そもそも国家の危急存亡のとき、王族に、名誉ある最期を遂げさせるために生まれたのだ」

「——え……？」

李三は、目を見開く。智慧の幼顔に、ひどく凛々しく、誇り高いものが満ち溢れている。

「たとえば国が亡びる時や、戦に負けた時、我ら王族は王室の誇りを守るために、自ら命を絶たねばならぬ。だが皆が皆、立派に潔く振る舞えるわけもない。そういう時、すみやかに我らに安らかな死をもたらすこと。それが本来の夜叉神将の役割なのだ」

「……う」

嘘だ。そんな話は聞いたことがない。そう言い返そうとした李三の機先を制して、智慧は「嘘ではない」と告げる。

「嘘ではない。時代の流れとともに、その役割は忘れられ、薄らいだだけで、不文律としては、まだしっかりと存在しているのだ。もしもの時は、自らの神将の手にかかれ。我ら王族は、内々にそう教えられて育ってきた」

にこり、と笑う。

「だから、我の最期を見届けることは、もとからそなたの役割なのだ。李三」

「——ッ、そんなッ……！」

そんなことってあるか、嫌だ、嫌だ、俺は認めない、あんたを死なせるなんて、殺すなんて嫌だ、と李三は口いっぱいに喚き、しゃくり上げた。しゃくり上げながら、膝をつく。そんな李三の鬢を、智慧はそろりと撫でた。

そして囁いた。

「伐折羅大将」

「……ッ……？」

「我の夜叉――伐折羅大将……」

李三は、今までとはまったく逆に、智慧に抱きしめられた。小さな薄い胸の中は、ふわりと床しい香りがする。

「そなたが我に教えてくれたのだぞ。我ら王族は、国民《くにたみ》のために生きることこそが誇りなのだと。決して、国民に災いや不幸をもたらしてはならぬ存在なのだと」

「――ッ、ご主君……！」

違う、と息を詰めながら李三は思う。違う、俺はそんなことは言っていない。そんなことは教えていない。言ったとしても、そんなつもりで言ったんじゃない。だが智慧は、李三に抗弁させなかった。

「そなたが幼くして苦難に見舞われたのは、政の無策ゆえ。そして政が無策なのは、王と、王を補佐すべき王族の責任だ。そなたの家族が飢え、そなたが親に売られたのも、あるいは我らの父祖のせいかもしれぬ。そうだろう？」

「そ、そんな、こと……！」

「だから我は、国を乱す火種となって、かつてのそなたのような、哀れな境涯の子を作りたくない。そういうことだ」

智慧はすっと背を伸ばした。今や無力にべたりと床に膝と手をついた姿勢の李三は、仰ぎ見るように、主君を見上げる。

「伐折羅大将、これはそなたの、主君としての命令だ。そなたは明朝、我の賜死を介添えし、これを見届けるのだ」

李三はぞっと全身の毛が逆立った。嫌だ、という意思を示すために、ぶるぶると首を振る。だが声が出なかった。智慧の小柄な体が放つ威厳のようなものに、気圧《けお》されていたからだ。

「――卑怯だ、あんた……」

やっと、声を絞り出すように呟く。

「こんな時に、こんな時になってやっと、俺を伐折羅と呼ぶなんて――！」

「すまぬな」

それは承知の上だ、とばかり、智慧は笑みを浮かべる。李三は目を見開いて、それを瞳の底に焼き付けた。苦笑半分だが、人の上に立った、勝利者の、優越の笑みだ。

「卑怯だ、ずるい」

立った智慧の体を、跪いたまま、下から縋りつくように抱きしめる。大男にひしと縋りつかれて、智慧の痩身が衝撃に大きく揺らいだ。

「あんた、俺の気持ちを知っていて、俺があんたに惚れていて、絶対に逆らえないことを知っていて、そんなことを言うんだ。ひどい、ひどい人だあんた。俺を受け入れてくれるようなことを言っておいて、期待させておいて、結局は俺を振るのか。俺を捨てて、自分だけ名誉だか誇りだかを守って、満足して死ぬ気なのか。そんなのはひどいと思わないのか、あんた。なあ、ご主君、ご主君――智慧……っ」

李三は泣き崩れる。洟《なだ》をすすり、ぐずるように、智慧の体を揺さぶって泣いた。智慧はそんな李三を、母親が駄々っ子を宥めるように撫で、ぽんぽんと肩を叩く。

「そうだな、我はひどい主君であったな――」

夜風がざっと音を立てて、窓の扉を叩く。蓮の葉の群れが、いっせいに揺れている音がする。

「――今宵一夜だ、李三……」

甘い囁き。

「許せよ、李三。我は今宵一夜しか、そなたの切ない望みに応えてやることができぬ……」

李三は弾かれたように顔を振り上げる。そして、慈愛と痛みに満ちた智慧の目と、間近に見つめ合った。

――時が来たのだ。李三も智慧も、いつかはやって来ることを、心のどこかで知っていた、その時が……。

束の間のうちに、何か、甘やかで胸苦しいものが通じ合う。李三は膝立ちで伸び上がり、智慧は俯いて、ふたりは唇を重ねた。


李三はほの暗い灯火の中で、智慧を牀の傍らに立たせたまま、衣服をすべて脱がせた。

智慧は身をよじって恥じらったが、李三は許さなかった。当然だ。当然の権利だ。智慧は李三に、今宵一夜の間、すべてをくれると言ったのだから。

「綺麗だ――」

跪いた姿勢からつくづくと眺めて、李三は白い肌に覆われた絶景に耽溺《たんでき》した。腰は華奢に引き締まり、手足はすんなりと長く、全体に、蓉国人の貴種にありがちな、細く中性的な線が目立つ。

智慧は、男の視線が自分の体のどこを舐めているかを、恐々確認していたが、李三の目が股間にたどり着いた瞬間、さすがに息を止めた。「そこは」と手で隠そうをするのを、手首を握って制止してしまう。

まじまじと見て、李三は「何だ」と笑った。

「形はしっかり大人のものじゃないですか。ちょっと、小さ目ですけど」

「……っ」

「可愛い」

果実のようなそれに、ちゅ、と吸いついてやる。智慧は「あ」と反応し、腰を引こうと身じろいだが、李三は大ぶりな手で、がしりと骨盤を摑んでしまった。

ちゅ、ちゅと鼠《ねず》鳴きの音を立てて、幾度も口づける。つぼんだ口先に、丸い先端に、瑞々しい茎に、春草のような茂みに、そして、竿を鼻先で持ち上げて、顔を埋めるようにして、裏に潜んだ宝玉の袋に。

「り、りさ……りさん、ああ……」

男に食らいつかれ、羞恥に身悶えるさまは、可憐というより哀れだ。だがそれでも、李三は辱めるのをやめない。屈辱を与え、恥じらわせ、悔しさに泣かせて、だがそれを上回る快楽に狂わせることが、恋した相手を手に入れるということなのだから。

――そうだ、手に入れてやる。俺はあんたを、隅々まで残さず征服してやる……。

今宵一夜しかくれないというのなら、一夜のうちに、あまさず味わい尽くすまでだ。痛い思いをするのが可哀想だとか、高貴な身が辱めを受けて哀れだとか、そんなことは一切考えない。今宵一夜、あんたは俺のものだ。この李三の想われ者だ。

「うっ……あ、ああ……」

男の口の中にすっぽり含まれ、舌でなぶられ、転がされ、吸い上げられ、ぴちゃぴちゃと水っぽい音を立てられて、智慧はいじめられる子供のようにすすり泣く。

「りさ……いや、やめて……！」

女童《めわらわ》のような声だ。か細くて、頼りない。それでいて抵抗する気配もなく、ただ身を震わせている。

李三の口の中のものは、健康な反応を見せていた。血の流れが集中し、膨張し、脈を打って、先端から塩からい味のものを分泌し、濡れている。

「あっ、李三待って——何、何か……」

智慧が戸惑った様子を見せる。李三の頭を掴み、前屈みになる。その姿勢と震えに、李三は嫌というほど覚えがあった。

容赦しない。そのまま尻を引っ掴み、抱き寄せて、じゅるるる、と音を立てて吸い上げてやる。

ビュビユッ……と、栗の花の香りを持つものが、戸惑いがちに李三の口中に噴き出された。

「うっ……」

と呻いた智慧が、重心を失い、べたんとその場に尻もちをつく。

「何……何だ、今のは……」

そして裸体で座り込んだまま、茫然と呟いた。

「——もしかして、精が通るのを知らなかったんですか、あんた……？」

口元を拭いながら、李三は驚きを隠せなかった。いかに成長が遅滞しているとはいえ、この年齢で、

精通さえもまだだった？

「精が……？」

智慧は呟いた後、「だが、我は」と首を振る。自分は、生殖不能のはずだ、と。

だが李三の見るところ、智慧は体つきのすべてが小柄なだけの、ごく普通の青年だった。おそらく、ただ単に成長が遅れていたのを、その時点の状態だけを見て不能と決めつけられ、それが誤解された定説と化していただけかもしれない。そして智慧自身も、人に言われるまま、そう思い込んでいたのだろう。

「……つくづく王宮ってのは、怖ろしい所ですな」

「え？」

首をかしげる智慧を、李三は横抱きに抱き上げた。

俺のものだ、と言わんばかりに抱き上げる男の腕に、さらなる激しい情事を予測したのだろう。智慧は「あっ……」と声を上げて息を呑み、身を震わせ、だが、大人しく李三の胸に身を預けた。

そんな智慧を、李三はことさらにそろりと、牀に横たえる。そして一時その場を離れると、智慧の身づくろいの品から、髪に使う香油を取ってきた。

「何に使うのだ……？　そんなものを」

この状況で、さすがに髪の手入れでもあるまい、と潤んだ目が問いかける。李三は安心させるために微笑し、「あんたを」と囁く。

「あんたを傷つけずに、俺たちがひとつになるために使うんですよ」

「――！」

秘めた蕾の内側を傷つけられて、血を流したことを思い出したのだろう。智慧の顔色が変わる。

「怖いですか?」

「……」

智慧は答えなかったが、その表情が、「怖い」と訴えている。自分のどの部分に、李三がどんなことをするつもりなのか、察しがつかないほど初心《うぶ》ではないのだろう。

「できる……のか、そんなことが……」

「俺が昔、どんな商売を、どのくらい長いことさせられていたかは話したでしょう?」

「……っ」

「大丈夫、任せて」

李三が油にまみれた指を腰の奥に忍び込ませる。その動きを、智慧は制止しない。李三が昔、味わわされた苦難ならば、自分も味わわねばならない、と思っているのだろう。健気な心根だが、それに付け込む悪い男もいるのだ。今、まさにここに。

「ん、ん……」

細い胴を潰さないように、それでいて身じろぎもできぬように押しかぶさり、情熱的な口づけを与えながら、指を蕾に潜らせる。

頑なな蕾は、いきなり滑り込んできた指に驚き、反射的に締めつける。出て行け、とばかり、その部分の肉がぐうっと硬さを増し、拒絶を示す。

だが香油の威力は絶大だった。田舎町の南院で使われていた物よりも、数段上等だな、とその滑らかな手触りに李三は感嘆する。

ちゅ、ぴちゅ、と淫靡《いんび》な水音が、秘めやかに響く。

それが深く舌を絡み合わせるこの口づけの音なのか、それとも、左右に脚を開かされた智慧の腰の下から立つ音なのかは、李三にも判然としない。

やがて油の切れた灯火が、ふ、と消える。

闇に閉ざされた牀の上で、李三は身を起こした。

「――入れます」

は、と智慧が息を止める。だが、鼻先の景色もわからぬ闇の中で、男に膝を掬《すく》い上げられても、小柄な公子は抗う気配を見せない。

覚悟を、決めているのだ。この男に、すべてをくれてやるのだ、と。

李三は胸を締めつける思いに、眉を寄せる。どうしてこの愛しい人は、こんなにもやさしいのだろう――。

「息を吐いて」

「――ぅ」

唇を接する位置で囁いて、吐息を重ね、陰陽を繋ぎ合わせるべく、陽の気の充溢《じゅういつ》したものを、陰の花に押し当てる。

そして腰に、力を込めた。

「ア、アアア――……ッ！」

華奢な頤が、反り返る。

智慧の絶叫を聞きながら、その内に押し入った時の衝撃は、李三のたくましい長身に激震を走らせた。快楽？　そんなものではない。征服欲？　そんな安っぽいものではない。その熱さ、そのきつさ、濡れて蠢く粘膜の、生々しい感触。すべてが李三の脳髄に、どっとあふれる清水のようなものを送り込んでくる。乾ききっていた荒野に、突如として、恵みの水が押し寄せるような。

「あっ……あっ……」

李三のすべてを納められた後も、智慧はひきつり、喘いで苦しんでいる。だが、ああ可哀想に、と思うその情動でさえ、今の李三には甘露のような愉悦だった。

あのご主君が、俺のために苦しんでくれている。苦しみながらも、俺を受け入れようとしてくれている……。

「ご主君……わかりますかご主君……。俺、あんたの中にいる。今、あんたの中に、入ってるんですよ……」

軽く揺さぶると、智慧が目を開く。

「あ、ああ……李三……そなた、だな……」

痛みと異物感に喘ぎながら、応える。

「これが――そなたか……熱い……熱くて、大きい……」

繋がり、ひとつに交わる感触を味わいながら、李三は智慧に受け止められ、抱きしめられている自分を感じた。

「好きです」

李三は囁く。たくましい腰を、妖しく蠢かせながら。

「ずっとあんたを――こう、したかった」

すると、苦悶の汗にまみれた智慧の顔が、ふっ、と笑みを浮かべる。

「とんでもない……夜叉だな。己れの主君を、こんな……」

首に抱きつかれ、仕方のない奴め、とばかり、頭を撫でられた。

「だが——許してやる」

耳朶に口づけられるようにして囁かれ、李三は硬直する。

「我も、そなたと同じ心——ゆえ」

そのひと言で、李三は人間であることを放棄した。

獣になった。

「……あっ、あ、なに、何をする李三。い、嫌だ、よせ。やめよ、こ、こんな……っ」

甘やかな悲鳴を上げ、身を仰け反らせ、手加減を乞う智慧を、腰で、腕で、唇で、存分に蹂躙し、玩具にし、いじめて愉しんだ。

「ひぃ……っ、無理、むりだ、あああ、李三、りさん、ゆるして、もうやめて、もうむりだ、こんなのは、もう……！」

幾度も幾度も体位を変えさせ、折り曲げ、裏返し、引き起こし、また引きずり落として、体の上と下で、ありとあらゆる痴態を演じさせた。前からも後ろからも姦した。細い腰から陽根を引きずり出すたびに、痛々しく拓かれた孔からは、どっと白いものが溢れてきた。

「あ……あ、りさん……」

力なく褥を摑む手に手を重ね、その捩じれる背筋の後ろから、高く上げさせた腰の奥へ、もう幾度目かわからぬ結合に臨む。

智慧の内は、もはや締めつけて拒む力も、ほとんどない。

「あう……」

硬く凝《こご》ったものを諾々《だくだく》と受け入れた智慧は、李三の先端が奥に達した感触に、びくんと震える。幾度もそこで、熱い精がはじける感触を味わったからだろう。

「も、もう……無理だ……もう、呑めぬ……」

きゅっ、とつま先を丸め、頑是《がんぜ》ない仕草で首を振る。

「腹がいっぱいで？」

「そうだ……身の内が……もうどこもかしこも、そなたで溢れて……ああっ！」

李三は、最大級にまで膨張したものを、不意にずるりと引きずり出した。腸《はらわた》を丸ごと持って行かれるほどの衝撃に、智慧は、身をのたうたせて呻きを上げる。

その呻きも引かぬうちに、李三は智慧を仰向けに返し、震える肉の狭間へ、再び正常位で挿入した。

「あ……あ……」

打ち重なって、ゆさっと揺さぶり、あるべき場所へと納める。

そして胸元に、口づけの雨を降らせた。

「りさん……りさん……」

智慧は陶然と、蕩けている。

「われの……夜叉よ……」

智慧の薄い胸の上で、その細い腕に抱かれて、李三は目を閉じる。

幸福だった。

智慧を抱きながら、智慧に包まれ、抱きとめられ、受け入れられて、大切に愛しまれていることをひしひしと感じる。

——幸せだ。こんなにも満ち足りた幸せが、この世にあるなんて……。

体を通じて、心が、ひとつに結ばれているのがわかる。

もはや智慧と李三は、ひとつの生き物だった。

離れることは、もう、できなかった。

たとえ死をもってしても——。

蓮《はちす》の台《うてな》が、ざわざわと風に揺れる音を、打ち重なり横たわるふたりの耳に、届けてきた。


早起きの水鳥が、蓮の葉の間を泳ぎ回り、餌を探している。

智慧の長い髪を梳かしながら、李三はその鳥が、ぽちゃんと水に潜る音を聞く。

端然と腰かけ、李三に髪を整えさせながら、智慧はひどく静かだった。

(不思議な人だ)

朝の日が差す中、智慧の形のよい後頭部と、首から肩へ流れるたおやかな線を見つめながら、李三はしみじみと、この美しい人を想う。

昨夜の激しく、淫らきわまりない情事は、この公子の内側の何かを、腐らせも爛《ただ》れさせもせず、かえって清めてしまったかのようだった。ありとあらゆる痴態をとらせ、おびただしい精で穢し、ほとんど眠らせなかったにもかかわらず、智慧の容貌は、瞼も睫毛も頬も唇も、得も言われぬ艶を帯び、その肌は内側から光り輝いて見える。

（駄目だ）

櫛を使う手が、震えた。

（――この人を、死なせたくない。このままどこかへさらって行きたい……！）

愛しい。愛しくてならない。想いを遂げて、さらに愛しさが深まった。たった一夜の契りなどで、到底、この人のすべてを貪り尽くせるものか。この人をさらって、誰の手も届かぬところへ、人の姿も絶えた世の果てへ行くのだ。そしてそこで、互いの体が人知れず塵埃《じんあい》と化すまで、共に生きる。きっと自分は、野晒しの骨となっても、決して、この人を離さない。

「――くっ……」

かつん、と櫛が落ちた。

李三は智慧の、黒髪が豊かに流れる肩口に縋りつく。

「李三……」

たくましい腕に抱きすくめられて、智慧は困ったように背後の男の頭に手をやる。

「泣かないでくれ。早く身支度をせねば、兄上がおいでになってしまう」

「うっ、う、ううう……」

「な、李三、どうか泣きやんでくれ。ああ、これではいつぞやの湖の上と真逆だな。そなたのほうが、我より泣き虫になってどうするのだ」

「だって……ご主君……！」

「なあ、李三」

振り向いた智慧は、李三の両頬に手を添えてくる。

「幸せに、なるのだぞ」

「……！」

「そなたには、そうなる権利がある。つらい運命を負わされながらも、まっすぐに、ひたむきに、己れを曲げず励んできたそなたには、な」

「ご主君……！」

「なろうことなら、よき伴侶を得て、子孫を残し、長く生きてくれ。幸せを求める人生を、我への忠節ゆえに、ここで終わらせてはならぬぞ」

よいな、と細い手に肩を揺すられた、その時。

ばしゃり……と、大きな水音がする。

はっ、と息を呑んだ李三と智慧の視線の先に、湖岸からこちらへ漕ぎ渡る舟が現れた。

蓮の葉をかき分ける舳先には、宮毘羅大将。その背後には、従者が差しかける傘の下に、威儀を正して座る、ほっそりと瀟洒な青年の姿。

玉簾を垂らした冠を頂くことを許される、蓉国唯一の人物。

蓉王・智威が、双子の弟に死を与えるために、湖を渡ってきたのだった。


「久しいな智慧。息災で何よりだ」

「はい、兄上こそ、お健やかなご様子、嬉しくお見上げいたします」

水宮内に迎え入れた王に対して、智慧は丁重な一礼を施した。李三は呆気に取られる。

（な、何だこの普通の挨拶は……？）

殺される者と殺そうとする者との、あまりに平穏なやりとりに戸惑い、目を空に泳がせる李三を尻目に、蓉王・智威は智慧の頬を両手で手挟《たばさ》んだ。

そして玉簾ごしに、まじまじと弟の顔を見つめる。

「すまぬな智慧。長き忍苦の日々を送らせた挙句に、余はそちの命を取らねばならぬ……この兄を許してくれ」

智慧は微笑み、自分よりも背が高い双子の兄に向けて、拱手する。

「もとより、兄上――決してお恨みなどいたしませぬ。かえって、この智慧の賜死に際し、直々においでまし下さいましたこと、感謝いたします。我が最期、どうぞご存分にお見届け下さいませ――」

「うむ」

玉簾を揺らして、こくりと頷いた王は、自身の夜叉神将である宮毘羅を促した。

その手に捧げ持たれているのは、台に載せられた美しい小瓶だった。天女の舞い飛ぶ姿を、極彩色で描いた磁器の瓶。横には、同じ意匠の杯が添えられている。

「――宮廷侍医に、ひと月かけて精製させた」

王の静かな声に、ばしゃん、と水鳥の跳ねる音が重なる。

「念のため多めに用意したが、ひと口で確実に、しかも楽に死ねる。怖れずひと息に、すべて飲み干すがいい」

「は――はい」

智慧はその場に跪く姿勢を取った。やはり体が震えている。その前に、宮毘羅が毒薬を載せた台を置く。

トク、トク……と音を立てて、真っ黒な液体が杯に開けられる。想像していたような悪臭などないそれを、李三と智慧は声もなく見つめた。

「伐折羅大将、介添えを」

「は、はいっ……？」

「公子が身じろいだりなさらぬよう、後ろからお支えするのだ」

宮毘羅に指示されて、李三もまた、智慧の背後に膝をつく。

李三の手に肩を支えられた智慧は、そろそろと、両手を台のほうへ伸べた。

「あ……っ」

カタン、と杯が、その指先で音を立てる。

手が、瘧《おこり》のように震えている。

「──智慧」

「も、申し訳ございませぬ兄上。見苦しきところを──」

「毒を手に取るのが、怖いか……」

むしろ痛ましげな声音で、王がひとりごちる。

「ならば古《いにしえ》の教え通りに、己れの夜叉に助けてもらうがよい」

「は、はい」

「伐折羅大将、智慧のかわりに、杯を持て」

穏やかに、だが有無を言わせぬ命が下る。

「すみやかに、己が主君に服毒させよ」

「――はっ」

智慧の震える手先から、李三は杯を取り上げる。そしてそれを、智慧の口元に持ってゆく。

「李三――」

智慧の紅い唇が、微笑む。

「ありがとう」

その刹那《せつな》、李三の胸中で、とっさに、最後の覚悟が決まった。

あっ――と、水宮に、驚愕の気が満ちる。

毒の杯が、干されたからだ。

智慧の唇によってではなく――李三の口によって。

「り――！」

すかさず、李三は智慧を抱きすくめる。

そして、情事の絶頂で行うような、激しい口づけで、その紅唇を覆い尽くした。

「ん、ん――ッ！」

ごくり、と喉が鳴った。

智慧と――李三、双方の喉が、毒を嚥下《えんげ》したのだ。

「り――李三っ？　そなた……！」

ぱっと顔を離した智慧の、驚愕の目が、李三を凝視してくる。

その表情に、李三は深い満足を覚えた。

「なあ、ご主君」

どうだ、驚いただろう――とばかり、にやりと笑いかけてやる。

「俺があんたを、ひとりで逝かせると思ったか？」

「……ッ、な、何て事を――！」

「離さないからな」

ぎゅっ……と、智慧の胴に、腕を巻き締める。

「離さないからな。絶対絶対、離さないからな。行く先が極楽だろうが地獄だろうが、どこまで行っても、あんたは俺の――おれ、の…………」

ぐうっ、と苦しさがせり上がってくる。脂汗が、どっと噴き出してきた。

同時に、くらり、と頭の中が眩む。

李三は、智慧を腕に抱いたまま、どうっと横合いに倒れた。

「り、さ……！　りさ、ん……！」

智慧が苦しげに咳き込みながら、胸をどんどんと叩いてくる。

「ば、か……この、馬鹿……！　死ぬな、死ぬなぁ……！」

泣きじゃくる声が、必死で叫んでいる。智慧は李三の腕の中から顔を上げて、縋りつくように兄を見た。

「兄上……！」

すでに喉を毒に焼かれ、声を掠れさせながら、必死で懇願する。

「あにうえ、あにうえどうか、お助けを！　この男を助けて……！　わ、我の命は差し上げまするゆえ、どうか、どうか李三だけは……！　我の、夜叉だけ、は、生かして……幸せに……！」

悲痛な呻きを残して、智慧の体から、かくり、と力が抜ける。

ぱらぱらと、玉簾が互いにぶつかる音がする。異様な展開に、王が動揺し、後ずさっているのだ。

その背後から、水鳥がいっせいに百羽も暴れたような、静寂を乱す水音がする。

バンッ……！　と、扉が開かれる。

息せき切って飛び込んできた人物は、室内の光景を見るや、ひいっ……！　と引きつるような悲鳴を上げた。

「智慧っ！　智慧！　智慧ーっ！」

絶叫と共に、李三の腕から、智慧の体が引き剝がされる。

「そんな、そんな、智慧！　目を開けて、お願いだ、目を開けて智慧！」

完全に取り乱した声に、王の呟きが重なる。

「梵徳叔父上――」

「智威……ああ、何てことだ。私は、お前は、何て事をしてしまったんだ――！」

砂色の髪をした公子は、その髪をかきむしりながら、叫んだ。

「私なんだ智威……！　お前たちの父を、前国王を毒殺したのは、この梵徳なんだ、智威！」

「叔父上――」

「おお、私が、私が殺した。私が殺したんだ。智慧は無実だ智威。処刑されるべきなのは、この私なんだ。ああ、智慧、智慧、お願いだ、死なないでくれぇッ！」

狂乱の声に、湖の鳥たちが驚き、ばたばたと水面から飛び立って行った。

秋風の吹く野に、秋牡丹（貴船菊）が咲いている。

王の私邸である南宮の裏庭は、まるで自然の野原のような風情に整えられていた。普通ならば念入りに駆逐される蓬《よもぎ》や芒《すすき》なども、丈高くのびのびと生え、ざわざわ、と寂しげな音を立てている。

「寒く、ないですか――ご主君」

李三は智慧の、いかにも寒々しげな肉の薄い肩に手を添えて、尋ねた。

「大丈夫だ李三」

にこり、と智慧が笑う。面やつれの陰もない、望月のごとき笑みだ。

「我とて虚弱な女子供ではないのだ。そうあれこれと心配いたすな」

「でも……」

「そなたとて、我と同じ薬を飲んで倒れた身であろう。そなたが大丈夫なら、我も大丈夫だ。そうだろう？」

「いやだって、俺とご主君じゃ――」

そもそも、体のつくりも、その頑強さも違いすぎるだろう。そう案じる李三を置いて、智慧はすたすたと歩いて行ってしまう。盛りの秋牡丹に彩られた野中の道は、まるであの世への通路のようで、李三をわけもなく不安にさせる。

慌てて、その後を追う。

あの水宮での、王太弟賜死の騒動から、ひと月――。

李三はまだ、夢を見ているような感覚の中にいる。すっかり元気になった智慧の顔を見るたびに、自分が生きていることが信じられないような、奇妙な不一致感に襲われるのだ。

(生きている気がしない――って言うのかな)

李三と智慧が蘇生したのは、死を覚悟した口づけから、一刻ほど後のことだった。目が覚めて、ここは極楽か地獄かと周囲を見回し、そこが見慣れた水宮の寝所であることを知った瞬間、互いに視線を交わした智慧の顔を、李三は忘れられない。

そしてふたりは、蘇生術をほどこした侍医たちの口から、そもそもふたりが飲んだ薬は死に至るものではなかったのだと聞かされたのだ。彼らは王の命令で、一時的に意識を失うものの、その後すぐに手当てをほどこせば、じきに蘇生する薬を調合したのだと。

そして前王暗殺の容疑で、今は梵徳公子が取り調べを受けていると――。

だがしかし、蓉王はなぜ、智慧に偽の毒薬を飲ませたのか。そして梵徳の自白は本当なのか……。すべてはいまだに謎のままだ。

そして、智慧の李三への気持ちも、また――。

ざざっ……と、秋の風が騒ぐ。智慧の後ろ髪が、流れてなびく。

『りさん……りさん……』

熱く蕩けていた体。甘く囁く声。

『我も、そなたと同じ心――ゆえ』

あの賜死の前夜。自分たちは確かに熱い想いを交わし、悦楽を貪り合った。だが思いもかけず生き延びて以来、智慧は一度たりとも、そのことに触れようとしない。まるですべてを忘れ去ってしまったかのように、だ。そして李三もまた、智慧の答えを怖れるあまり、真実を確かめられずにいる。

――どうしよう……。

智慧の背を見つめつつ、李三はずきりと胸が痛むのを感じる。

――もしもご主君が、あの夜のことを、「あれは死を前にしたゆえの気の迷いだった」なんて、思っていたら――。

怖い。もしも、もしもこの懸念が当たっていたら、自分は――。

ふたりは前後に連なって、柏の木の下を曲がる。そこには瀟洒な亭《あずまや》が建ち、背の高い貴公子と、頑強な体つきをした武人の主従一対が、智慧と李三を待ち受けている。

「兄上――」

「智慧、よく来た」

智慧が作法通り、跪いて一礼しようとするのに、蓉王・智威は手を差し伸べて制止する。

「ああ、よいよい、今日はそちと、兄と弟として存分に語り合うために呼んだのだ。仰々しい礼は不要だ」

「は――はい……」

戸惑いながらも、智慧は兄の手を取って立ち上がる。

「そちもだ、伐折羅大将」

「は、はいっ？」

今日の王は、玉簾冠をつけていない。いきなり裸の目を王に向けられて、李三は肩をビクつかせる。

智慧の兄だけあって、この王も相当な美形なのだ。

「我が弟・智慧のこよなき忠臣として、そちにも余の話を存分に聞いてもらいたいのだ。こたびの経緯を、余がこの口にてすべて話すゆえ、共に卓を、囲んでくれぬか」

王が指し示す円卓には、茶菓の用意が整えられていた。まるっきり、対等の友人を招くためのしつらえだ。

李三は戸惑い、同じく戸惑った顔の智慧と、視線を交わし合った。智慧が軽く頷いたのは、（兄上もこうおっしゃられるゆえ、構うまい）という意味だろう。

主従は同時に卓に着いた。王もまた宮毘羅の引く榻に着座し、最後に宮毘羅が座る。

ふわ……と、茶の香りが立つ。

「兄上は」

智慧はまだどこかおずおずとした様子で、口を開いた。

「兄上は、最初からご存じだったのですか？　梵徳叔父上こそが、父上を弑し奉った真犯人だと……」

「そうだ」

「ではなぜ、この智慧をお疑いのフリなど――」

「叔父上に、自ら罪を告白していただきたかったからだ」

王はひとつ息をついて、姿勢を改めた。

「実は、最初に叔父上に疑いをかけたのは、かの白院君だったのだ。あの老人は、養女である白妃の遺言をもとに独自の捜査をするうち、梵徳公子らしき人物が、王都のある呪《まじな》いをよくする隠れ巫女から、毒物を入手したという話をいずこからか耳にしたらしい。そしてこの智威に、叔父上の逮捕と取り調べを要求してきた。もちろん余は、そんな状況証拠で王族の名誉を汚すわけにはいかぬと突っぱねたが、外交上、おふたりの死に関する調査は続行すると約定せざるを得なかった」

李三は、自分の受任式の日を回想した。そう言えば、あの日も白院君は、儀式への出席を終えたばかりの王のもとに、面会を求めてやってきていた。おそらくこのまだ若い王が、あの狡猾《こうかつ》そうな老人を体よくあしらうのは、ひと苦労だったに違いない。

「だが調べが進むにつれ、やはり叔父上が、父上と白妃に毒を盛ったのだと思わざるを得ない証拠や証言が、いろいろと出てきたのだ。このまま容疑が確定すれば、叔父上に縄をかけざるを得なくなる。そのような辱めを受ける前に、叔父上には何としても自首していただきたかった。罪を認めてさえ下されば、国王の権限で、処罰はどうとでもできるゆえな」

王は目を上げる。そして智慧の目をしっかりと見つめた。

「だから——考えたのだ。叔父上がことに可愛がっておられる者が冤罪を蒙ることになれば、あるいは自ら罪を告白して下さるのではないかと——」

ああ、と智慧は何かが晴れたように声を上げた。

「だから、我を——?」

王は双子の弟に向けて、頭を下げる仕草をした。

「そちをつらい目にあわせて済まなかった。だがこればかりは、王である余がなり替わることはできなかったのだ。叔父上に、余が本気でそちの処刑も辞さないつもりでいると思っていただかなくてはならなかった上に、あの白院君に、余がこれを奇貨として弟を除こうとしていると思わせる必要もあった。ゆえに、敵を騙すにはまず味方からと、そちにつらく当たらねばならなかったのだ。急に遠ざけられて、さぞ混乱しただろう。本当にすまなかった、智慧——」

「いいえ兄上——」

兄の謝罪を、智慧は制止する。

「わけがあったのならば、よいのです。兄上に本当に嫌われてしまったのではないのなら、それでもう充分です。謝るのはやめて下さい」

「智慧——」

見つめ合う兄弟を、宮毘羅が満足げに眺めている。だが李三は不満げに唇を尖らせた。

（——ああもう、ちょっと人がよすぎますよ、ご主君。いくらお兄ちゃん大好きだからって、そんなに簡単に許さないで下さいよ。理由があったとはいえ、騙されて、閉じ籠められて、あんなに苦しめられたのに……！）

睦まじげに目を見かわす兄弟に、いらいら、と指先で膝を連打しながら、目を逸らす。

嫉妬と不安にふてた李三の顔を、宮毘羅が厳しく睨みつけている。

しかし王の憂い顔は、智慧の許しを得ても、なお晴れない。

「だが、余の予想に反して、叔父上はそちが逮捕されても、水宮に押し籠められても、動揺はされたものの、自首するそぶりは見せられなかった。仕方がなく、余は、最後の手段をとることにした。一時的に息の根が止まる薬をその方らに飲ませ、偽りの処刑を執行して、叔父上に、そちが身代わりに無実の罪を着て殺されたものと思い込んでいただいたのだ——」

ふう、と若い王は茶器を取り上げながら、疲労のため息を漏らす。

「まあ、結果的に叔父上はその方らの遺骸を見て、良心の呵責《かしゃく》からついに罪を告白され、どうにか企ては成功したわけだが——余はとても、白院君のような巧緻《こうち》極まる陰謀家にはなれぬな。色々と計算外な要素が加わって、最後まで冷や冷やものだったぞ」

王の視線が、ちらりとこちらを見る。李三はあまりの羞恥に、体が半分に縮むような気がした。色々と計算外な要素、の大部分は、間違いなく自分だろう。何しろこの李三は、臣下の身で主君に手を出した挙句、ついにはこの王の面前で、惚れたの腫れたのと、こっ恥ずかしい心中劇までやらかしてしまったのだ。目の前で弟を奪われて、王はさぞ、度肝を抜かれたことだろう。

——や、やっぱバレてますよね、俺たちのこと……

横目で智慧の顔を窺えば、

——し、知らぬわ馬鹿……！

とばかり、がつんと脛を蹴り上げられる。

痛ェ……と呻く李三を、常に謹厳な宮毘羅大将の目が、ぎろりと睨んできた。


「そもそもの発端は、父上が、隣国の諒から新しい寵妃を迎えられたことに始まるのだ」

双子の弟・智慧と、その神将である伐折羅——李三を前に、蓉王・智威は再び語り始める。

時刻は昼下がりにさしかかり、乾いた風が吹き始め、卓には新たに、様々な菓子が用意された。脆麻花《ツィマーファ》（揚げドーナツ）、蓮の実餡の餅《ピン》、蜜をかけた仙草凍《シェンツァオドン》（仙草のゼリー）、芝麻棗《チーマーザァオ》（胡麻団子）、茴香《ウイキョウ》をまぶした花捲《ホアジュアン》（甘い蒸しパン）……。供される茶も、かなり甘い香りのするものだ。李三は卓上をながめるだけで胸焼けがした。どうやら王は智慧と同様に、かなりの甘党らしい。

「寵妃は名を白妃といい、諒国の王父《おうふ》である白院君の養女として、幼少から育てられた女だった。あらゆる美容術でもって美貌を磨き上げ、歌舞音曲を仕込み、男に好まれる立ち居振る舞いを身に着けさせ、さらには男女の閨の秘技までも学ばせて、な……」

「つ、つまり」

閨の秘技、という言葉に、何か卑猥な想像をしたのか、智慧が、羞恥に舌をもつれさせながら問う。

「つまり、その、かの美姫は、単に『贈り物』として遣わされてきただけではなく、最初から父上のお心を蕩かせ、骨抜きにする目的を持って送り込まれたというわけでございますか……？」

「そうだ。そして公子を生み、諒の勢力をこの蓉の王室内に浸透させ、最終的にはこの国の国政を壟《ろう》断《だん》しようという、遠大な計略の最初の一手だったのだ」

「何と……」

あの愛想のよいご隠居さまが、と素直に驚きを見せる智慧に、智威王は苦笑する。

「まあ、もっとも、外国《とつくに》から美姫が送り込まれる場合、普通は相手に何か思惑があることなど、こちらも織り込み済みで受け入れるものなのだがな。白妃に関して言えば、養父があの白院君だという時点で、手を付けるのは避け、さっさとどこかの貴族に妾として下賜するべきだったのだ。だがいかんせん、父上はこと女性《にょしょう》に関しては、公私のけじめのつけられないお方だったからな……」

王はため息をついた。辟易した口調からして、よほど女癖の悪い男だったのだろう。だが若い王が嘆くのは、そのこと自体ではないらしい。

「君主が好色なのは悪いことではない。多くの女性を寵愛し、沢山の子を産ませて次世代を安定させることも、義務のひとつだからだ。女性たちに贅沢な暮らしをさせることも、国の財政を圧迫せぬ程度であれば、王室の力を見せつけるために必要だろう。しかし政治への口出しを許したり、女の後ろに控える勢力をいたずらに宮中に引き込んだりすることは、厳に自重せねばならない。特に白妃のように、外国勢力の紐《ヒモ》がついている場合は、亡国の原因にもなりかねぬゆえな」

「……はぁ」

何だか王様ってのも大変なんだな、と李三は嘆息した。国王であるからといって、好き放題に好みの美女を侍らせ、日々酒池肉林を愉しんでよい、というものではないらしい。

「まあでも、惚れた女のわがままをちょっと聞いてやったり、その親類縁者にいい思いをさせて、女の顔を立ててやったりしたくなる気持ちは、男としてわからなくはないですけどねぇ」

思わず亡き国王に同情を覚えてしまった李三だが、宮毘羅と智慧に同時に睨まれて、うへ、と首をすくめる。

だが若い王は声を立てて笑った。

「そちはよい男だな、伐折羅大将」

「は……？」

いきなりお褒めにあずかって、李三は面食らう。どうして、今の話の流れでそうなるのだろう？

「そう、そちはよい意味でごく普通の男だ。この万事因習的で陰湿な宮中において、それは貴重な資質なのだぞ。真《まこと》にそちこそ、この智慧にふさわしき夜叉神将よ。そうだろう？　智慧」

「……」

李三が戸惑いつつ智慧の表情を横目に窺うと、智慧は丹《に》を塗りたくったような顔色になっている。

これはもしかして、つまり、その――ふたりの仲が、王の公認を得た、ということになるのだろうか。

「あ、あ、兄上、それで、その、つまり叔父上は、白妃を通じて父上が諒国の思惑に操られることを怖れ、おふたりに毒を使われたというわけでございますか……？」

ひどく赤面した智慧の強引な軌道修正を受けて、だが王は暗い顔になる。

「いいや、それだけではいくら何でも、国王暗殺などという大それた罪を犯す動機にはならない。殺すにしても、白妃ひとりを除けば済むことだ。梵徳叔父上が最終的に、ご自分の御手を汚す決意をなさったのは、父上が——」

「……！」

王は一瞬言いよどみ、ちらりと宮毘羅を見て踏ん切りをつけた。

「父上が、白妃に唆《そそのか》されて、余とそちを抹殺しようと企んだからだ」

智慧が蒼白になる。李三は双子兄弟の顔を、戸惑ったように交互に見た。

「え、でも……じ、自分の子供を、またどうして？」

女に唆されて、父親が我が子を殺そうとする……？　そんなことが、この世にあるのだろうか。食うに困って、追い詰められて、口減らしのために子殺しをするというならまだしも、日々飽食に明け暮れる王侯の身が、どうしてそんなことをする必要があるのだ。

王は卓の上の両手を組んだ。そして説明しづらいことをどう説明しようかと、思案するような表情で、口を開いた。

「父上は昔から、子供が病的に嫌いなお方だった。今思えば、余と智慧の生母が、我ら双子を難産した末に亡くなったことで、心に深い傷を負われていたのかもしれぬ」

「……っ」

兄の言葉を聞いて、智慧は肩をびくりと震わせる。李三は痛ましい思いで主君を見た。母親がお産で亡くなった子は、親を殺した子として忌み嫌われる。ましてや不吉とされる双子が、保守的で迷信深い宮中でどんな心無い扱いを受けてきたかは、李三も宮女たちの噂話として直に耳にした。

たまらず、李三は卓上に手をついて身を乗り出す。

「でも、おかしいでしょう、そんなのは！　難産なんて誰のせいでもないのに！　それに、王とご主君の母君の場合、たとえ難しいお産になるのが事前にわかっていても、産むのをやめさせる、ってわけにはいかなかったはずでしょう。もし男なら、確実に次期国王になる子供なんだから――」

「伐折羅」

宮毘羅がぎろりと目を剝く。李三は逃げるように身を引いた。

「……す、すいません口を挟んで……」

「其処許《そこもと》の言う通りだ」

思いがけず肯定されて、李三はつい卓の手をがくりと滑らせた。宮毘羅は苦虫を十匹も嚙み潰したような顔で続ける。

「双子は不吉であるだの、母が産褥で死んだ子は親殺しゆえ災いをもたらす者になるだの、そんなものはすべて愚かな世迷言にすぎぬ。其処許のみならず、そんなことは皆が当然承知しておること。なのに王宮の内では、時として常識が通用せぬことがあるのだ。嘆かわしいことだが、宮中とはそういうところなのだ。人の世から隔絶され、美衣美食に飽くようになると、皆、心を病み、迷信だの呪いだのを安易に信じるようになってしまうのだ」

「……」

李三は驚いて目を瞬く。この謹厳で忠義一途な男が、これほど忌憚《きたん》なく話すのを、かつて聞いたことがない。この男はこの男で、自身の主君に対する悪意のある噂に、ずっと腹立たしい思いをしていたのかもしれない。

王が再び口を開いた。

「――白妃は、父上にこう訴えたのだそうだ。あの双子は不吉でございます。長子の智威はいまだ子を儲けられず、次子の智慧は呪いを受けた身。今のうちに除かねば、いずれ蓉国に災いをもたらしましょう……」

あとを宮毘羅が引き継ぐ。

「もちろんその真意は、いずれ自分が生み参らせる男子を、少しでも王位に近づけることだ。彼女に思惑があることなど、誰の目にも見え透いていた。だが王は愚かにも、白妃の献言を受け入れてしまわれた」

李三は「信じられない」と首を振って嘆息する。仮にも父たる者が、どうしてそこまで、自分の子供の生死に無頓着でいられるのだ。

「……李三」

智慧がそろりと、その怒りに震える腕に触れてきた。

「父上にしてみれば、後継者など自分の血を引く子でさえあれば、誰でもよかったのだ。我らに限らず、王家の親と子の関係など、多かれ少なかれそういうものだ」

「だけど……！」

「大丈夫だ李三、父上の愛情には恵まれずとも、我にも兄上にも、きちんと心をかけてくれる人がいた。誰からも愛されなかったわけではないし、衣食に不自由したわけでもない。今となっては、それで充分だ。今さら、亡き父上をお恨みしようとは思わぬ」

「だけど！」

「智慧よ」

王の感銘を受けたような声が、主従の会話に割って入る。

「そちは短い間に、随分大人になったのだな……水宮に籠められるまでは、癇癪持ちの子供のようであったのに」

「……兄上……」

「そう、すべてそちの推察通りだ。父上は白妃の言葉を真に受けて、否、本当はそれほど真に受けたわけではなかったのかもしれぬが、お気に入りの女に臍をまげられるのを怖れて、特に咎めたりもなさらず、いわば黙認なさったのだ。しかし、白妃に王の寵愛を奪われたある妃が、事態を知ってこれまでの怨み半分、この事を知ればもっとも激怒するであろう人物に注進した」

「誰ですか？」

「先代の伐折羅大将だ」

「……！」

智慧がびくんと背筋を伸ばす。李三はその背に手を伸ばし、慰めるように撫でた。その様子を見た王が、やや愁眉を開いた表情で続ける。

「だがその妃の選択が、ある意味、悲劇の引き金になった。もしこれがここにいる宮毘羅だったら、もっと穏便に事を解決しようとしただろう。しかし直情的だった伐折羅は、直接、王に抗議しようと御殿に押しかけ、そして――」

「返り討ちにあった……のですね」

智慧の声は、沈痛ではあったが、意外なほどに静かだった。そんな弟に、王は頷いた。

「あの雪の日、実は伐折羅大将は即死したのではなかったのだそうだ。珊底羅大将が、彼の今わの際の言葉を聞き届けていた。叔父上はそれによって真相を知り、我らの身を守るために、ひそかに王と白妃を弑し奉るご決意を――」

酸鼻な話に、全員が沈黙する。ざざっと風が吹き抜け、それをきっかけに、李三が口を開いた。

「でも、それならどうして……梵徳さまは、すぐに真相をぶっちゃけ……いえ、暴露しなかったんですか？　王族内でだけでも暴露して、王様と女に馬鹿なことはやめろと警告すれば、何も暗殺なんかする必要はなかったんじゃ――」

王が姿勢を改めた。

「……一番の理由は、単純に、子供の頃から可愛がってきた甥たちを害そうとする輩をどうしても許せなかったからだそうだが、最後の最後までご自分ひとりの胸に秘めておられた理由は、余と智慧がこの事を知ったら、どんなにか傷つくだろうとお考えになったからだそうだ。ことに、繊細で傷つきやすい智慧は、な」

「……」

息を呑む智慧の横で、李三は胸に痛みを覚えた。小動物や養い子たちに愛情を注いでいた梵徳の姿が、目に浮かぶ。彼が心無い前王とその奸悪な寵妃に感じただろう怒りこそは、身内としてのまっとうな怒りであり、甥たちへの思いやりこそは、人間としての真の情愛だったのではないか。そんなにも心優しい男が、大逆の重罪人として告発され、断罪されねばならないのは、あまりにも理不尽ではないか——。

「叔父上……梵徳叔父上……！」

智慧は俯き、嗚咽を嚙み殺そうとしている。

「我の……我のために……我のせいで……っ！」

王は痛ましげな目で弟を見つめている。確かに、智慧が今少し大人であれば、父王の無関心と愛情の欠乏に耐えうる強さがあれば、梵徳が己れの手を汚す決意をすることもなかったかもしれない。だがそれは、今さら言っても詮無いことだ。

王が智慧に手をさし伸べる。

「いいや、決してそなたのせいではない、智慧。叔父上は、王に我が子殺しを唆す女と、その女に腑抜けにされ、思うままに操られる王をつぶさに見て、これはもう駄目だと思われたのだ。これ以上彼らを生かしておいては、我ら双子だけでなく、蓉国のためにもならぬとな。そしてたったひとりで、蓉国のために、王殺しという大罪を背負う覚悟をなさったのだ。叔父上はああ見えて、熱烈な愛国者なのだよ、智慧。これがすべての真相だ」

王の言葉が途切れる。智慧はすすり泣きながら、目を上げた。

「兄上……叔父上は、叔父上は、今、どうなさっておいでなのでしょうか……？」

「叔父上は」

弟の涙の問いかけに、若い王は苦悩の表情を浮かべる。

「叔父上は……自ら毒を仰がれた」

「……！」

「つい、昨日のことだ」

がたりと卓を鳴らして立ち上がった智慧は、次の瞬間、貧血を起こして李三の腕の中に崩れ落ちた。

「そんな……！　そんな……叔父上……っ！」

「大丈夫だ、智慧。幸い発見が早く、お命は取り留められた。だが、毒によって喉を損なわれ、今後二度と、声を発することはできぬだろうとの、侍医の見立てだ」

「あぁ……！」

智慧は李三の袖を引き摑み、蒼白になってぶるぶると震えた。李三はその体を胸の内へ抱き込んだ。王の御前であるにもかかわらず、万事小うるさい宮毘羅も、何も言わずその様子を眺めている。

「叔父上……叔父上……」

李三は嘆く智慧を抱きしめながら、自らも悲痛な思いに唇を噛んだ。

――何ということだろう。あの梵徳が、常に明るい声で楽しげにしゃべっていた公子が、声を失うとは。人を殺め、欺いた報いとはいえ、何という痛ましい……。

「叔父上は、心から悔いているとおっしゃっておられた」

王は智慧に向かって続ける。

「自分がぐずぐずと自首をためらったせいで、無実の智慧に、無用な苦しみを与えてしまったと、それだけは、そのことだけは悔やまれてならない、とね」

つまり兄王を殺したことは、まったく悔いておらぬというわけだ。智慧以外の全員が、ため息を漏らす。大逆罪は露見すれば即座に処刑の運命であるだけでなく、死後も永遠に反逆者の汚名を背負わされるというのに。さらには仏教国である蓉において、殺生は、容赦なく無間《むげん》地獄行きの大罪だ。だがそれすらも覚悟で、梵徳は愛しい甥たちのために、手を汚したのだ。

「――王太弟殿下に疑いがかけられた時は、どうやら珊底羅が自首を制止したらしい」

智威の説明を、ごく自然に宮毘羅が引き継ぐ。

「どんなに王と宮廷が調べを進めても、智慧公子はまったくの潔白なのだから、証拠など出るはずがない。今しばらく様子を見てみるべきだ。でなければ捨てなくてよい命を捨てることになるだけでなく、女に誑《たぶら》かされた王による子殺しの未遂、王族による国王暗殺という恥ずべき汚点が、蓉国の栄光ある歴史に残されてしまう。それはよろしくないだろう。ぎりぎりまで、成り行きを見守るべきだ――となく。まったく、主君の性格をよく読んだものだ。梵徳公子は自身の命や名誉を惜しむことはなくても、国のそれは惜しむだろうとわかっていなければ、そんな説得はできない」

「珊底羅大将もまた、無比の忠臣だが――」

王は卓の上の手を組み替えた。

「それが過ぎて、己れの主君以外はどうでもよい、というところが、少なからずあるようだね。余は彼を通して、叔父上の耳に智慧の賜死は明日だという情報が入るように計らったのだが、珊底羅はあの日の朝まで、故意にその情報を主君に伏せていたらしい。確証はないが、おそらく、智慧が大逆犯として処刑されれば、我が主君は罪を免れて万々歳、という腹だったのではないかな」

「――っ」

李三は王都の街路で行き合った時の、頭巾をかぶった珊底羅の無表情な顔を、怒りの中で思い浮かべた。

（あいつめ――！　あの時、俺に逃亡を勧めに来たのは、うちのご主君に罪を着せるつもりだったたからか――！）

もし李三があの時、言われるままに智慧を連れて水宮から逃亡していたら、逃亡したという事実それ自体が有罪の証拠となり、智慧は亡命先から二度と帰国できなくなるか、捕縛された場合は、その場で有無を言わさず殺害されていただろう。そして事態がどちらに転ぼうと、梵徳公子は罪を免れることとなる。何という怖ろしい男だ。自分の主君を守るために、そこまでするつもりだったのか――と考えて、李三は突然、はっと気づいた。

（そこまでしたのは、もしかして……）

李三は、智慧と共に死のうとした。だが珊底羅は、梵徳の罪を庇うために、罪を犯した。同じだ。ふたりの夜叉神将は、それぞれの主君のために、結局同じことをしたのだ。愛する人のために、自分の何かを、命を、良心を犠牲にするという……。

李三は鬢を押さえて、ううと呻る。

（きっとそうだ……もし、智慧公子と梵徳公子の立場が逆だったら、おそらくは俺も、あいつと同じことをしただろう。梵徳公子が無実の罪を着て殺されるのを座視してでも、ご主君の命を救おうとしたに違いない。大切な主君を。否、愛する人を――）

許せない。許せないが、うっかりと共感してしまった。怒るに怒れなくなってしまった李三の渋面《じゅうめん》の横で、智慧が顔を上げた。

「あ、兄上……」

喘ぎ喘ぎ、声を絞り出して、王に訴える。

「我が……我が父を殺したのです。大逆の真犯人は、この智慧でございます……！」

「智慧……？」

李三の胸を離れた智慧は、兄の足元に跪いた。そしてその裾を握りしめ、必死に懇願する。

「お願いでございます兄上。それが真相であったと改めて公表し、どうか我を処刑して下さいませ。叔父上のお命を、どうかお助け下さいませ。これからの蓉国にとって、こんな体のわたくしと、人望のある叔父上と、どちらが重要であるかは、火を見るよりあきらかでございます。ですからどうか、どうか叔父上のお命だけは――――！」

「馬鹿、よく考えなさい智慧」

若い王は弟の手を取った。

「そちが殺されることになれば、そこにいる伐折羅もまた、そちと死を共にする道を選ぶのだぞ。殺してくれなどと、簡単に言うものではない。そちの体は、もはやそちひとりのものではないのだ」

「……！」

王の言葉に、李三は顔に血を昇らせる。そんな李三を、宮毘羅の目がじろりと睨んだ。

「……馬鹿者。王はそういう意味でおっしゃられたのではないわ」

「――わ、わかってますよっ……！」

李三は低めた小声で応じる。覚悟はしていたが、王のみならず、この謹厳一方の神将にも、智慧と李三がそういう関係であることは、すでに知られていたらしい。うわぁ、と李三は胸の中で悲鳴を上げた。どうしよう、いたたまれない。もの凄くいたたまれない……。

「まったく……」

珍しく愚痴めいた口調が、王の口から零れた。

「そちといい叔父上といい、己れの身を何だと思っているのだ。国のため王のためと言いつつ、勝手に死なれるほうが余にとっては痛手だと、なぜ気づかぬ」

「……兄上……」

「覚悟してもらうぞ、智慧」

若い王は決然と告げた。

「それに宮毘羅、伐折羅。ようく聞け。父上は、やはり寵妃の勧める精力剤の飲み過ぎで頓死なされた。白妃の今わの際の言葉は、ただの勘違い。それが、蓉国宮廷の、この蓉王・智威の出した最終結論だ。わかったな？」

「はっ……！」

ふたりの神将が拱手しつつ、晴れ晴れと返事をする。しかし智慧は、まだ案じ顔のまま尋ねた。

「しかし兄上、それでは、白妃の養父である白院君と、諒国が黙ってはおらぬのではございませぬか。もし今、かの強大な軍事国家と事を構えることにでもなれば……」

王は双子の弟に、そっと微笑みかけた。

「智慧、我が蓉の国力はそれほど脆弱《ぜいじゃく》ではない。侮れぬからこそ、諒もあれこれと策略を弄せざるを得ないのだ。それに、たとえ諒国との関係が少しばかり悪化しようと、亡き父王の恥を晒した挙句、人望ある梵徳公子を失う羽目になるよりはましだ。そうだろう？」

「はい……」

「それに、白妃がある意味、白院君によって送り込まれた、一種の刺客だったことはまぎれもない事実だ。蓉国王を堕落させて自在に操り、猜疑心を煽って有力な臣や公子を排除させ、国を乱し、弱めるためのな。あの老人ならば、それくらいのことは躊躇なくやってのける。辺境に配流された廃太子を操り、謀反を起こさせて、まんまと一国の重臣に、さらには君主の父にのし上がったお方ゆえな」

王はそう語ると、ぶるりとひとつ首を振った。あの婦人のような声を出す老人の面影を、脳裏から追い払う仕草に、李三には見える。

——確かに気味の悪い爺さんだったな……。

李三もまた、ぞっと悪寒を覚えた。「国」や「国家」とは、何と怖ろしい化け物の棲むところなのだろう……。

「さて、余はそろそろ、政務に戻らねばならぬ」

智威はすくりと立ち上がると、同時に立ち上がりかけた李三と智慧を、手で制した。

「ああ、まだゆっくりしていくがいい。菓子のおかわりならば、いくらでも持ってこさせよう。智慧、伐折羅大将」

にこ、と笑う。

「その方らには、まだ互いにじっくりと語り合わねばならぬことがあるだろう……？」

「……ッ！」

「……あ、兄う……！」

李三と智慧の顔を満足げに眺めて、「では、またな」と王は立ち去る。

さわわ……と風が梢を揺らした。

「もしかして……」

李三は王の背を見送りつつ、呟く。

「もしかして、あの王様、『悪い人』なんじゃなくて、『人が悪い』んじゃ……」

「兄上を悪く言うな……！」

ぼそぼそ、と智慧は呟いた。だがいつぞやとは違い、口調は自信なさげで、目を泳がせながら麻花《マーファ》（かりんとう）の端を齧っている。彼もまた、今回のことで、兄の人柄に敬愛だけでは済まない何かを感じたのだろう。

「……」

「……」

李三は椅子の上でもぞもぞと身じろいだ。秋の気配を漂わせ始めた風は心地よいが、この沈黙が、何とも痛い。

だがあのことを確かめる機会は、今しかない。李三は心を決め、口を開いた。

「あの……」

声をかけると、智慧の肩が、びくん、と震える。

「な、何だ」

「いや、その、あ、あの夜のこと、なんですが……」

李三は上目使いに智慧の顔を窺う。

「俺たちがヤッた、いや、契ったこと、今さら、なかったことにする、なんて言いませんよ……ね……？」

おそるおそる切り出すと、智慧の目に雷光が走った。

「言うわけがないだろう、馬鹿！」

「そ、そう、ですか」

ほ、と息をつく。反対に、智慧はひどく気分を害した様子で、眉根を寄せた。

「それとも、何だ、なかったことにして欲しいのか？」

「そ、そんなわけないでしょう！　……ただその……あの夜は、ちょっと、お互いに気分が盛り上がりすぎちゃってたから、今となってみれば、えらいことしちまったと思ってんじゃないかなー、と……」

「ああ、それは否定せぬ」

あっさりと断言した智慧に、李三は慌てて身を乗り出しつつ、首を振った。

「いやいやいや、そこは否定しましょうよ！」

「事実だ。翌日には確実に死ぬ身だという状況でなければ、我があの時、そなたを受け入れることはなかっただろう」

「ええっ？」

李三は衝撃を受けて眩暈を起こした。そんな。ではあれは、やはり一夜の夢でしかなかったのか。智慧は真実自分を愛して、体を開いてくれたのではなかったのか……！

「ご、ご主君っ！」

李三は両腕を開き、がばりと智慧の体の上に伸し掛かるように倒れ込んだ。ぎゅっと抱きつくと、胸の下で、ぐえ、と潰れるような声がする。

「嫌だ！　そんなのは嫌だ、今さらあんたにフラれるなんて耐えられない！　やっぱり死ぬ！　この場であんたを殺して、俺も死ぬ！」

ごつい手を細首にかける。だがしかし、その瞬間、智慧の拳が、鳩尾《みぞおち》にどかりとめり込んできた。

あまりに的確な痛恨の一撃に、李三は呻き、体を半分に折って卓上に突っ伏す。

「馬鹿め、最後まで聞かぬか！」

そして智慧は、涙目で苦悶する李三に、びしりと指先を突きつけてくる。

「仮にも王弟たるこの我がだ、一糸まとわぬ裸体を晒して、その、お、お、女のように足を開くなど、どれほどの蛮勇を振り絞らねばならなかったと思うておるのだ！　死が差し迫って、もはや何の羞恥もしがらみもないという状況でもなければ、できることではないわ！　そのくらいは察せぬか、この、馬鹿大将が……！」

「あ……」

李三は顔を上げて、智慧を見た。だが、智慧はそっぽを向き、李三の目に見せているのは、朱色を浮かべたうなじだけだ。

「そ、それに、あの時、そ、そなたの一途な想いに報いてやってから死にたかったのは真《まこと》だぞ。よいか李三、我はな、そなたの想いに応えてやりたかったのだ。苦労ばかりしてきたそなたを、たとえ一夜でも一時でも、幸せにしてやりたいと思ったのだ……！　それでは駄目なのか？　そなたは、満足できぬのか？　それでもまだ、我に、その――お、想われている自信が持てぬのか！」

智慧が、しゅん、と洟をすする。李三は息を呑んだ。泣いている。この智慧が、李三への想いを訴えて、泣いているのだ――。

李三は自制を失った。衝動的に、主君を抱きすくめ、自分の膝の上に強引に引きずり上げた。そして赤ん坊を抱く時のように、仰向けに仰け反らせる。

「りさ……！」

智慧の顔は、真っ赤だった。その唇が「無礼者」と叫ぶ前に、李三はさっさと口づけを奪ってしまう。

「……う……！」

智慧はいきなり深くまで咬み合わされた口づけに驚き、全身を跳ねさせる。だが抱きすくめる腕をさらに強めると、李三が自分を放すつもりがないことを悟ったのか、急に抵抗をやめた。

李三は智慧の口中で、存分に舌をうねらせた。真珠を並べたような歯や、少女のように華奢な頤、柔らかな頬の裏までを、なぶり、味わう。

「ふ……ん、ん……」

腕の中で、智慧の痩身がびくびくと震える。羞恥と、淫らな快楽に悶えている。

だが拒んではいない。震え、怯えつつも、智慧は精一杯、李三を受け入れようとしている——。

そうして、智慧の意思をたっぷりと確かめた李三は、小柄な体を掬い上げるように高く抱き上げた。

誰にも渡さない。俺のものだ。と世界のすべてに宣言するかのように。

「行きましょう」

「ど、どこへ……？」

「あんたと今すぐ愛し合えるところです」

智慧が腕の中で、怯えたようにびくりと身を震わせる。

だが李三が、有無を言わせぬ確かな足取りで歩き始めると、震えつつも、その胸に大人しく身を委ねてくる。

静かに、だが確かに湧き上がる、歓喜の予感。高鳴る鼓動――。

秋の風が、誰もいなくなった庭を吹き過ぎていった。


「ふ……ん、あ、ああ…………！」

東宮、智慧の寝所。

本来ならば妃嬪《ひひん》が呼ばれ、主の寵愛を受けるべき牀で、艶めかしい喘ぎを上げているのは、この宮殿の主人である智慧だ。すでにその肢体は半裸に剝かれ、衣服はしどけなく肩にかかるのみになっている。

「りさ……りさ……ん」

這いつくばり、主君の下腹部に顔を埋めて、ぴちゃぴちゃと旨そうな音を立てていた李三は、細い指に髪を摑まれ、顔を上げた。

「何ですか、そんな可愛い声出して」

「や……、こんな……まだ、昼間から……」

「今さら何言ってんです。立派に昼日中ですよ」

「だって……まだこんなに明るい……」

「そのほうがあんたの肌が綺麗に見えます」

「ば……！」

「人払いならば、とっくに呂女史がやってくれていますよ。さっき寝所に入るとき、黙って目礼してくれたでしょう？」

えっ、と焦る顔に、にや、と笑う。智慧を横抱きにして東宮に帰ってきた李三の姿を見て、呂女史は何かを悟ったのだろう。黙って寝所の扉を閉ざし、宮女たちを遠ざけた。

「ですから、ご懸念には及びませぬ。王太弟殿下」

智慧はかっと頬を紅潮させ、眉を吊り上げた。

「こ、こんな時だけ折り目正しくなるでないわ……！　この、狼藉者、め……！」

先端を集中的に責めてやると、智慧はびくびくと身を震わせた。いかにも気持ちよさげな反応をしながら、しかしその唇からはとめどなく恨み言が吐き出される。

「し、臣下のくせに、しゅ、主君の身にこんな……こんなことをしおってぇ……っ！　そなたなど……そなたなど……！」

「俺など、何ですか……？」

くすくす、と笑う。悪態とは裏腹に、気持ちよさげに濡れ、生硬い弾力に揺れている性器に、口づけをくれながら、だ。

「俺など嫌い、ですか……？　俺にしゃぶられて、こんなにいい具合になっているのに……？」

じゅ、と生々しい音を立ててやると、智慧は息を詰めるようなそぶりを見せ、紅潮した頬に、悔しさと羞恥の涙を零した。

「そ、そなたなど、い、いずれ、ぶ、仏罰に当たって、地獄へ堕ちるがいいわ……っ！」

半泣きの智慧が喚くのに、李三は意地悪く口の端を吊り上げた。

「さあ、罰当たりなのはどっちですかね。あんたこそ、乳首も股間も濡れてシコらせて、いかにもはしたない格好じゃないですか」

薄い胸の上で形を変えているものを指で弄ってやる。智慧は、ひい、と掠れた声を上げた。

「み、見るな……っ」

淫蕩な自分の姿から目を逸らそうとするのを、李三はだが、許す気はない。

「駄目ですよ。ほら、あんたもちゃんと見て」

膝裏を掬い、高く差し上げて、これ見よがしに腰を浮かせてぶらりと揺らす。

小ぶりだが、きちんと大人の反応を見せている性器が、芯の通った動きで左右に雁首を振った。胸板の上では、唾液に濡れた乳首が尖った姿を晒している。

「いいですか、多少発育不良でも、あんたはちゃんとした一人前の男です。その一人前の男が、触られて、弄られて、こんな風に反応している」

「……っ」

「どうしてだかわかりますか？　あんたも俺を、欲しがっているからですよ」

「……！」

「あんたが……俺に、惚れかけているからですよ……」

異論は認めない、とばかり、李三は智慧の唇を封じる。智慧はもがくように唇を数度開け閉めしたが、李三のねっとりした舌づかいに、ほどもなく目を閉じた。

そのまま、未熟な桃のような尻を、掌で包む。宥めるように揉みほぐし、狭間を開くと、奥の蕾が反射的にきゅっと閉じた。

まだ怯えている。すくんでいる……。

「大丈夫だから――」

菊花のようなひだを、丁寧に指先で撫でる。

「あんたを俺に下さい、ご主君」

「李三――」

「あの時みたいに、このしっとりあったかいところで、俺を包んで下さい」

心を込めて囁くと、鼻先にある顔が、見る間に艶めかしい桃色になった。怒りでも羞恥でもない、悦びの反応だった。

そして、そんな自分を恥じらうように目を逸らしたのを了承の合図と見て、李三は、つぷりと指先を蕾の中に入れる。

「……ッ……」

だが、一度は拓かれることを知ったはずの蕾は、再び純潔に戻ってしまったかのように頑なだった。やはりあの夜は、智慧の精神状態も尋常ではなかったのだろう。昂った気持ちのままに苦痛も恥じらいもひと息に乗り越えた夜とは、今の智慧は心も体も違うのだ。

「あっ……あっ……あっ……」

だがこの従順さは、どうだ。李三の腕にすべてを委ね、その指を呑む異物感と苦痛を必死に堪えようとしている、このいじらしさは、どうだ。

確かに、確実に――智慧は李三を愛し始めているのだろう。でなければ、栄誉ある夜叉神将とはいえ、一介の武官でしかない李三に、王太弟たる身がこんなことを許すはずがない。

ひたひたと、幸せが春の潮のように満ちてくる。それをどうにか伝えたくて、李三は幾度も幾度も

「好きだ」と囁きながら、智慧の全身に口づけの雨を降らせた。

「好きだ、好きだ、あんたが好きだ――」

繰り返すうちに、李三の頭の中も、霞がかかってゆく。ここがどこで、自分は誰で、この体の下にいるのが誰であるのかも、すべて塗りつぶされたように消え、わからなくなってゆく。

わかるのは、ただ、腕の中にいる相手への確かな想いと、互いの肌の感触だけだ。

すきだ、すきだ、すきだ――！　ひとつになりたい……！

いつしか李三は、自分のものを細い腰に突き立てていた。力を込めると、狭く湿った粘膜の洞穴に、ずぶずぶと陽根が埋まっていく。その大きさを受け止めかねて、腰が跳ね、激しく踊り狂い、倒された鹿のように両脚がもがく。

その脚を両腕で抱え込みながら、無我夢中で、がむしゃらに突きを打ち込んだ。気持ちがよかった。その熱さも、きつい締めつけも、中のうねる感触も、ひたすら、貪るように味わい尽くした。

「あっ、あっ、あっ、りさ、りさん、いや、嫌だこんな、深くまでッ……！　っ……！　いや、いやぁ――っ！」

相手が挿入《そうにゅう》の痛みと恐怖に、ひどく泣いているのがわかったが、駄目だ。やめてやれない。頭の中を支配するのは、もっと奥、もっと奥まで入りたい、とそればかりだ。無理矢理に、捩じり込むように幾度も奥を極め、またずるりと引きずり出してやると、往復するたび、徐々に細い体から力とこわばりが抜けてゆく――貪られる悦びに目覚め、もっと、と促すかのように。

紅色の唇が、半ば開いて、苦しげな息を吐いている。

その唇が、かすかな囁きを漏らした。

「りさん……」

閉じた瞼が、朝露のような涙に濡れている。濡れながら、震えながら、男の次の仕草を待っている
李三は姿勢を変え、くたりと従順になった両脚を抱え直し、細い腰を浮かせる。

浮き上がった腰の角度に、李三は満足した。このほうが、ずっと――奥まで姦しやすい。

「うっ、ううっ、うっ、ううっ……！」

小刻みな動きを加えると、そのひと突きごとに、か細い喉から呻きが押し出される。拍手のような音は、自分の前が、相手の尻とぶつかる音だ。痛々しく開き、散らされた蕾は、今や滑らかに李三の全長を呑み込んで淀みない。それでも、もっと奥、もっと奥が欲しい――！

「ああっ、あ、ああっ！　やめて――！」

突きこまれる深さに、頤《おとがい》が仰け反る。仰け反って、高く悲鳴を上げる。

「やめて、もうこわれる、こわれてしまう……！　りさん、りさん――ッ！　ア……ア……ッ……」

花弁のような唇が、いっぱいに開く。

そしてそこから、得も言われぬ艶を帯びた絶叫が迸り、その瞬間――。

李三の脳内で、閃光が炸裂した。すべてが飛び去り、消え失せて……少しずつ――少しずつ回復してゆく。

「智慧……」

目を閉じ、荒い息を繰り返す体を、茫然と見下ろす。

ふたつの体がしっかりと繋がり、そして、互いの体が白い蜜にまみれていることを、忘我の中で李三は知った。

そうだ。この愛らしい人は、この恋しくてならない人の名は——。

「智慧、智慧……」

甘美な悦楽を最後のひと滴まですすり取りたくて、貪るように口づける。

「……あんただけだ……」

唇を接したまま呟けば、智慧がかすかに目を開く。

そして、あるかなきか、ふっ……と微笑みを浮かべた。

「馬鹿者……め……」

掠れるような声が囁き、唇が春の花のようにほころび、そして。

震える舌先に前歯を舐められた瞬間、李三は長く恋し続けた人が、遂に完全に自分のものとなったことを感じた。

陳書舗は、近ごろ王都で評判のよい店だった。数年前に代替わりした若い店主が、店の裏手の運河に面して、茶を喫するための露台《テラス》を設け、その頭上の棚には夏場の日差し避けの葡萄蔓を這わせるなど、客を心地よくさせるための工夫を凝らしているからだ。その甲斐あって、近頃では文人墨客御用達の店として、大層な繁盛ぶりである。

もっとも、彼らの主たる目的は、品揃えのよい書籍でも、冷えた上等の茶でも、運河の流れに面した涼しい露台でもない。葡萄棚の下でゆったりと茶を喫しながら読書をしている、ある人物の姿を愛でることだ。

——ほう、これは……。

——また、お美しゅうなられましたな。

——ほんに……今日はまた、一段と……。

文人たちの、好色とまでは言えないまでも、憧憬に似た視線を集めながら、華智慧は茶杯を口に運ぶ。相変わらずの痩身だが、その背丈は、今や若木のように伸び、癇の強い少年のものだった顔立ちも、菩薩像を思わせる、静謐《せいひつ》で高貴な美貌に変じていた。

麗人、とは、まさに今の智慧を表わす言葉であろう。

——さよう、まるで蛹《さなぎ》から蝶が羽化するように……。

——長く頑なに閉じていた蕾が、春の訪れを知って、ようよう花びらを開いたかのように……。

——まこと、何という麗しさ。何という艶やかさ……。

そして、詩人は詩文でもって、画家は絵筆でもって、その美貌と艶麗を讃えようと試みる。だがそこへ、優雅な静寂を乱して、店の床板を踏み鳴らし、息せき切って露台へ駆け込んできた男がいる。

雄偉な体格、端正ながら純朴な顔立ち。こちらは、まごうかたなき御仏の守り手、十二神将の一、伐折羅大将以外の何者でもない。

「お、お待たせしました、ご……いえ、その、若君」

相変わらずまったく微行になっていない微行中である主君を、従者はそれでも、律儀に誤魔化して呼んだ。

「遅かったではないか、李三」

智慧は冊子の頁をぺらりとめくりながら、澄ました顔で答える。微行中でなくとも、いまだにこの大男の呼び名は本名のままだ。

「叔父上への土産は買えたのか？」

叔父上とは、声を失い、今は自ら望んで水宮に蟄居する梵徳のことである。額に汗を浮かべた李三は、紙袋を示しながら、ぐんと胸を張った。

「買えましたとも。近頃王都で評判の火焼《フオシヤオ》（揚げ饅頭）。開店前からもう、すんごい行列ができていて、あやうく順番が回ってくる前に品切れになるところだったんですよ？」

つまり李三は、智慧に言いつけられて、その店までおつかいに行ってきたのだ。客たちがいっせいに首を竦めて笑いをこらえる。

——あれですな。ぶんぶんと揺れる尻尾が見えるかのようで……。

――左様、『伐折羅大将』は戍神でもございますゆえ……。

「そうか、ご苦労だったな。では参ろうか」

智慧が茶杯を置いて、立ち上がる。すらりとしたその立ち姿に、李三が軽く目を瞠った。

「どうした？」

「いえ――また少し、背丈が伸びられたのでは？」

「そうか」

智慧は素直に喜びを表わし、美貌をほころばせた。彼にとって、遅すぎた成長期の訪れは、ここ数年の出来事で、二番目に喜ばしいことだ。

「ではそのうち、そなたを追い抜いてくれような、李三」

ところがそれを聞いた近侍武官の情人は、戸惑う顔で太い眉を寄せてしまった。

「よして下さいよ。ただでさえ折れそうに細っこいのに、これ以上柳みたいなひょろひょろの体格になられちゃ、閨で可愛がって差し上げにくくなるじゃ……」

どすん、と重い音がした。李三は、殴られた鳩尾を押さえて「ぐう……」と呻る。そのまま、動けずにいる臣下を置いて、智慧はすたすた、と足を速める。客と店主の丸い目が、後を追ってくる。見つめられるうなじが、ひどく赤くなっていることが、自分でもわかった。

「ま、待って下さいよぅ」

李三は涙目のまま体を半分に折り、よたよたと追いすがってくる。

「――まったく、そなたの主君をやっていると、手癖足癖が悪くなる一方だ」

店を出て真っ先に、智慧は愚痴を零した。すると背後から、いかにも心外、という声が喚く。

「ええっ、俺のせいですかっ？」

「そなた以外の誰のせいだというのだ！　五日と置かずにこの身をくれてやっているのに、四六時中、所構わずサカりおって！」

「そんな、人をケダモノみたいに……」

李三は情けなく眉尻を下げた顔をする。だが、智慧は騙されない。この不遜な男の主君になって、もう四年になるのだ。一見、駄犬の皮をかぶっているが、その中身は一度獲物を狙ったが最後、決して見逃さない猟犬なのだということは、この体が骨の髄まで思い知っている。

そしてこの、意外に誇り高い戌の神は、美味な餌でも千金の俸禄でもなく、ただひたすら愛情を注ぎ、すべてを与え続けることでしか飼っておけないのだということも――。

（……だがそれで、よかったのかもしれない）

智慧は感慨深く回想する。

（思えば我は、この男に出会うまでは、思うように愛してもらえぬことを拗ね、誰かから愛情をもらうことばかり考えていた。誰かから「愛して欲しい」と乞われたのも、それに応えて心身を差し出したのも、この男が初めてだった……）

王都の街路は、今日も変わらずのにぎわいだ。荷車が車輪の音を立てて行き交い、路傍の物売りは客寄せの声を張り上げ、その雑踏、その騒音は、耳を覆わんばかりである。

「……ぞ」

前を行く智慧の小さな声を、李三の耳が拾う。

「えっ、何ですって？」

「……だぞ！」

「聞こえませんよ、ご主……若君？」

「一番目は、そなただぞ！」

大声を上げてから、さて、今のは聞こえたか、聞こえなかったか。聞こえたとしても、その意味がわかっただろうか、と智慧はほくそ笑み、雑踏を縫う足を速める。

ここでだけは、体格雄偉な李三よりも、痩身の智慧の方が足が速い。

「ちょ、ま、待って、待って下さいってば！」

火焼《フオシャオ》の包みを潰されないよう、頭上に捧げ持つ李三の声が、はるか後ろへ遠ざかる。

智慧は、群衆の中にまぎれて、笑う。

それは、ひっそりと海底《うなぞこ》に眠っていた真珠が、初めて日の光を受けて輝くような、この上もない、珠玉の笑みだった。


——その治世の六年目に、蓉王智威は寵妃との間に一男を儲け、同時に王太弟であった智慧公子を廃した。

次期国王としての未来を失った智慧の心境を、人々は様々に噂し合ったが、当の智慧自身は淡々と兄王の決定を受け入れ、位を降りた。

その後、智慧は、政治的には何ら業績を残さなかったが、多くの文人墨客を保護し、兄の治世下の蓉を文化面で繁栄せしめた。

今日、華智慧の存在をもって、蓉国文化の最盛期と位置付ける学者も多い。

しかし、真の蓉文化の精華といえば、何と言っても智慧公子と、その夜叉神将として名高い伐折羅大将こと李三を主人公とした、一連の説話文学であろう。

早とちりでおっちょこちょい、がさつで人に迷惑ばかりかけるが、自ら惚れ込んで仕えた主君に対する忠義は誰よりも篤い李三と、少々世間知らずだが、やさしく、知性的な主君である智慧。

そんな人となりが長く愛されたふたりは、講談や本の中で、ある時は身分を隠した旅に出て、庶民を苦しめる悪官吏を成敗し、ある時は王宮に巣食った巨悪を退治して、賑やかに楽しげに、ずっと後世まで、主従手を携えて活躍することとなる。


（終わり）

あとがき

BL《ボーイズラブ》をこよなく愛する素晴らしき大和撫子の皆さま（もしかすると日本男子の皆さまも）、ごきげんよう。今年は「なるべく人を殺さないBLを書く」のが目標の、高原《たかはら》いちかです。

いきなり物騒なご挨拶になりましたが、昨年リンクスロマンスさんから出していただいたデビュー作「旗と翼」は、流血クーデター＋鬼畜暴君ド執着攻め＋後宮監禁調教Hという、書き上げた当の高原自身が「かつてこれほど血なまぐさいBLがあっただろうか……」と茫然としてしまったような代物でして、大河ドラマ風甘々歴史ロマンスを期待して手に取って下さった皆様を、ずいぶんと魂消《たまげ》させてしまったようです。

なので、世界観が一部リンクしている今作「花と夜叉」は、「ほのぼの純情ラブ」になるよう心がけました。ですが書き上げてみれば、宮廷陰謀はてんこ盛りだわ、殺人事件は起こっているわ……。先日、某ッターで交流していただいている、リンクス先輩作家R先生に「今回は前作比八〇％増しでほのぼのにしました！」と申し上げたところ、「作者本人が『今回は！　ほのぼのだから！』と自信を持ってお届けした作品に、『いつも通り受けが無体な目に遭ってましたね……』って感想を頂いちゃうこともあるので、そういう意味でも楽しみにしています」と返されまして、いやさすがにご慧眼ですなぁと(笑)。

でもでも、これでも高原にしては血なまぐさくないほうなんですよ。だって生首も血の海も拷問シーンも出てこないし！

……ブラッディな話題はさておき。

今作の舞台「蓉」は、前作の「諒」の隣国ですが、前作からは半世紀ほど時間が経過しており、また文化圏もずいぶんと違います。温暖な大陸中央の、高度な仏教文化を誇る大国――というイメージは、中国大陸の揚子江下流域あたりの歴代王朝からヒントを得ました。大小の運河や水路が縦横に走る王都の景観は、蘇州市がモデルになっています。

蓉国内の出版事情も、明末清初のこの地方の風俗を参考にしました。なんと、当時すでに「BL小説」も出版され、人気を博していたそうです。とある名門私塾に通う少年たちが、様々な騒動の末に次々にカップルになっていくって、何その王道学園物設定。これを知った時、経歴の長いBL読者でもある高原は、「男性同士の恋愛や情事を扱った通俗小説の流行」が、別に二〇世紀末から二一世紀初頭の日本国、およびその国民である腐女子だけの専売特許じゃなかったんだ！　ということに、非常に衝撃を覚えました。なーんだ、どこの国のどこの民族でも、平和な時代が長く続いて、そこそこ食うに困らなくなると、同じようなことをしたくなるんだー、みたいな。

ただ、作中登場する「武侠小説」という用語は、近代中国になってから使われるようになったものだそうです。なので李三と智慧の会話に登場するのは、江戸時代の侍がライター使って紙巻煙草を吸っているようなものなんですが、時代考証（？）的におかしいことを承知で、あえて使わせていただきました。ご了承下さい。こういう融通が利くのがファンタジーのいいところだってことで(笑)。

以上のように、「花と夜叉」の舞台は中華風架空世界ですが、本作構想のとっかかりは畿内大和国にありました。奈良の寺社仏閣や博物館に安置された、十二神将、ないし四天王像の華麗な造形が、本作に登場する「伐折羅」「宮毘羅」「珊底羅」の血肉となりました。興味がある方、あるいは「歴女」「仏女」の気がある方は、この秋、是非一度ナマでご覧になることをお勧めします。

イラストの御園《みその》えりい先生には、前作同様、華麗な絵柄で作品に「顔」を与えていただきましたこと、厚く御礼申し上げます。実は、前作「旗と翼」執筆後、登場人物たちのラフ画をいただいた際、それまでさほど詳しくは構想していなかった主人公たちの最期が、「二太子・獅心」の顔を見た瞬間、「ああ、この獅心ならば、きっと玲紀をあの世まで連れて行く。誰が何と言おうと、きっとそうする」と。バーッと頭に浮かんできたんです。

なので、その思いを、「花と夜叉」では老いた白珠樹に語ってもらいました。年をとっても相変わらず、飄々と人の人生を狂わせて歩いている困ったご老人ですが、作者にとっては便利な存在です(笑)。　現実世界では、あんまり国家間の諍いごとは起こして欲しくないですがね。

それから、いつも応援してくれる職場の同僚たち&上司Oさん。生ぬるく見守ってくれている弟一家&両親。この夏、高原あての暑中見舞いハガキを編集部に送って下さった方々。諸々の皆さまに、この場にて御礼申し上げます。

秋風とともに、平穏な好き日々が、誰の上にも訪れることを祈って。

平成二十四年九月末日

高原いちか拝

この本を読んでのご意見・ご感想をお寄せ下さい。

〒151-0051
東京都渋谷区千駄ヶ谷4-9-7
(株)幻冬舎コミックス　小説リンクス編集部
「高原《たかはら》いちか先生」係／「御園《みその》えりい先生」係

リンクス ロマンス

花と夜叉

2012年9月30日　第1刷発行

著者……………高原《たかはら》いちか
発行人…………伊藤嘉彦
発行元…………株式会社　幻冬舎コミックス
〒151-0051　東京都渋谷区千駄ヶ谷4-9-7
TEL 03-5411-6434（編集）
発売元…………株式会社　幻冬舎
〒151-0051　東京都渋谷区千駄ヶ谷4-9-7
TEL 03-5411-6222（営業）
振替00120-8-767643
印刷・製本所…共同印刷株式会社
検印廃止

ISBN978-4-344-82614-4 C0293
Printed in Japan

幻冬舎コミックスホームページ　http://www.gentosha-comics.net

本作品はフィクションです。実在の人物・団体・事件などには関係ありません。